小嫣之冠蓋滿京華

楚瀅瀅

本書主角小嫣，
外表美艷如狐狸精，
卻有一顆小白癡的心腸，
對於男女之事尤其遲鈍，
「高齡」二十二。

楚明

楚家老大。大榮國丞相。
足智多謀。
家中就他長得跟父親楚瑜最為相像。
澄澄送給他的座右銘是「釜底抽薪」，
年紀二十二。

不孝有三，無後為大！

——所以你們統統給娘成親去！

小嫣堂皇開卷!!

第一章

「大夫人，晨安。」

睜開眼，一排的丫鬟在我前頭排開，鶯鶯燕燕美不勝收。

雖說這樣的排場不是我刻意安排的，但柔柔軟軟、吳儂軟語的嗓音，這種叫人起床的狀況怎不讓人神清氣爽。

「大夫人。」站在我旁邊拉開紫錦帳的是香蘭，十一歲那年就跟了我，現在二八年華，風神秀雅的眉眼，柔嫩微紅的頰，宛如新熟的一顆蜜桃。

「大夫人又貪著賴床了。」抿著嘴輕笑一聲端過水盆來的是香鈴。

聽這名字會以為香鈴跟香蘭有什麼關係，其實她們兩人並沒有關係，只是香鈴進府當天我黔驢技窮，那廝郝伯又逼著我取名，我看見香蘭身上別了串鈴，索性替新進府的女孩取名叫做香鈴。

「嗯。」面對香蘭以及香鈴的話，我只是輕輕應了一聲。

在楚府內生活頗久一段時間，我深知處於高位的人動作不要太大，動作不要太快，應話不要太多，表情不要太豐富，就能帶給人莫測高深的感覺，這些年來我塑造的成功，走到外頭誰不喊我一聲楚老太太。

縱使，我不過才剛過二十二歲大壽。

「昨個兒爺送回您心心念念的赤金虹皤盤，是要收起來，還是今兒個用來盛點心吃？」香蘭一邊拿著布巾小心翼翼的擦拭著我的臉，一邊問道。

「哦？赤金虹皤盤？」是那只我之前在古書冊上看見、據說是百年前某位聖王的遺物，用赤玉雕刻成盤，透心雕花，盛水的時候盤底可見光影流轉，呈現出虹光，投影出一條龍悠遊其中的景象。

「有孝心、有孝心。自然是拿盛點心吃。」我讚許，真是個好孩子。

「香蘭知道了。」

我漱洗完，坐在鏡前讓丫鬟們替我打理外表。有兩個丫鬟為我梳理著頭髮，旁邊還有一個丫鬟正為我挑揀著今日配戴的飾品；兩隻手已修剪完指甲，丫鬟正在指甲上頭上了一層琉璃水，粉粉的指尖煥發出珠光的光澤。

最後我的頭髮被整齊的往後梳成了一髻，髻的兩側簪上後院新發的朱寧花。這株朱寧花是異種，透藍的花瓣彷彿妖精翅膀，養了這許多年才活這一株。碧玉的珠鍊掛在髻上頭，在額間垂墜下來一顆貓眼夜明珠。

「二公子讓國君賞賜的這顆貓眼夜明珠，果然很襯大夫人的眸色。」春桃低聲讚美。

我看了鏡子一眼，以前還沒掌著楚府時，人人都說我有雙貓兒眼，專司魅惑人；等我掌了楚府，人人都說我長了一雙明珠眼，要來興旺楚府。

唉呀——這一前一後人情冷暖哪！

我唏噓兩聲，讓香蘭投來莫名其妙的一眼。

等髮型終於完成，我站起身來張開雙手，讓香蘭她們替我穿衣，今兒個衣服似乎特別涼爽。

「四公子說您怕熱，讓繡坊停業一個月為大夫人趕製夏裝。這一夏的裡衣都是用冰蠶天絲製作的，這樣大夫人就不怕熱著了。」

「大夫人，這是六公子帶回來的祁連冬蓮。聽說祁連山上白雪皚皚萬年不化，百年才出幾枝，讓人快馬加鞭都送回來，今早開盒子時還嬌豔欲滴。廚子燉成了您愛喝的冰糖口味，還加上百合做成這道甜湯，您嚐嚐喜不喜歡？」才坐在桌前呢！冬梅就款款端出一盅清涼的甜湯。

「好……」

「現在尚早，大夫人剛起，比較適合喝點溫補的粥。這道血燕窩粥可是三公子特地帶回來的。這是只有在海風強勁的懸崖峭壁上才能採集的到血燕窩，入以干貝做粥，口味清淡，正好給夫人開開胃。」秋菊輕聲說著，瞟給冬梅一個眼光。

「嗯……都擱著吧！」我威嚴的一點頭，中止了兩人之間的眉來眼去。這丫鬟為了主人寵愛總是會爭寵，我不是個俊美瀟灑的公子也能讓她們這麼喜愛，罪過罪過。

用過早膳，用噴香的手巾擦過手，我才懶洋洋的起身準備到前廳去。

「大夫人請且慢。」夏荷嬌滴滴一喊，走上前來，把一塊白玉掛到我胸前。白玉晶瑩剔透彷如冰雪，仔細一看，玉中似乎緩緩流動著瑩藍。

「這是五公子送來的，說是寒涼玉，可以趨吉避凶，同時夏日避熱，掛在胸前貼著心窩正合適。」

我點點頭，很是滿意。

六個平日隨侍我的丫鬟跟上我的腳步緩慢移動到前廳，有的在前方開路，有的為我遮陽，走在後頭的則低垂著頭一同前行。華服錦帶，遠看過去就像是一整團的花園在移動，聽說京內說書人還為我們取了個「京華一景」的美名，真真還譬喻的不錯。

「娘。」

「娘。」

「娘早。」

我才跨過門檻，幾聲好聽的問候聲就讓我滿意的揚起唇角。不時，立刻有人上前來攙扶，四平八穩的將我送上主位落坐。

「娘坐。」

「娘，喝茶。」

「郝伯，這塊墊子未免也太硬了，上次讓人捎回來的吳海柔絲呢?怎麼沒做成墊子?」

「娘，來，吃點蜜果子。讓人特地釀的，放在南方熟成三年。」

有兒子孝順哪兒不好。我笑瞇了眼，張開嘴乖乖吃下。

「好吃嗎?」

「好吃，只要翊兒有這份孝心，為娘就開心了。」我順手一摸他的頭，這孩子就算長大了也貼心得很。

這頭正睜著圓滾大眼，拈著一枚蜜果子討好看著我的正是這楚府六公子，楚翊，專司經營藥鋪，一開始以為他只是拈花惹草，沒想到一不小心藥鋪生意越做越大，現在變成連鎖店，全國七成以上的藥草都是由他的藥鋪所供應。

外人將他的成功說得多了不起我不是很在乎，我只知道，家中庫房千年雪蓮、老參什麼的都多得放不下，又不能拿去花圃施肥，困煞我。

「娘，近來是不是睡不太好？」

我轉過頭對上一雙平靜無波的眼眸，是小五，楚府五公子，俗名楚風。外人大多不敢直呼其名，而要恭恭敬敬的喊上一聲國師。他十三歲時入宮為神官，以十四歲稚齡成為一國之師，幾次預言逢凶化吉，皇室無不禮遇尊崇。

「是……」嗎？我轉轉眼珠子想了想，的確，最近似乎睡不大好。

「您那屋子處在東南，地性屬陽，加上今年火年，火而旺。您性屬水，但面對那麼強烈的火氣，自然還是弱了您的氣，所以晚上才會睡不安穩。明兒個我吩咐丫鬟在您床邊擺上兩個水盆隔開地氣便成。」

我胡亂的點點頭，這孩子從十三歲開始說的話我就一句都沒聽懂過，果然是高人啊高人。

「娘可喜歡這次的夏衣？」

這個身穿簡單又不失雅致風格的衣著，眉眼挑勾的幾分如畫，這就是京城內最大繡閣的老闆，我家小四楚殷，身兼老闆的同時也是天才橫溢的設計師，他一年設計四款衣服，一季推出一款，每次推出都會讓京城內女子蔚為風潮，算是引領潮流的人物。

聽說我穿的衣服每年四季都是他設計的，那我也能不能算是個引領風潮的老風流？

「不錯，不錯，冰冰涼涼的甚好。」我回以一笑。對這孩子就要用愛的教育，多多稱讚，他才能表現得更好。

「早上嚐過血燕粥了嗎？」

這最沒大沒小的就是小三，楚家三公子，楚海。他控制著遠洋近海的所有船運，江河水運也都在他手中。他身為水運大亨，他長年在海邊生活，難得回家一趟。有點自然鬈的頭髮隨意的綁成一束落在身後，在陽光長年的曝晒下，肌膚呈現古銅色澤。

京城內愛戀他的閨女們形容他墨黑的眼像海邊最耀眼的寶石。我只記得在他小時候，我批評過他那兩丸眼珠子狡猾非常，他就哭著跑走了。

沒想到小時候的愛哭鬼，現在變成這麼一個鐵錚錚的男子漢。

我心中一嘆。果然對這孩子就要用鐵血教育，他才有機會男大十八變。雖然現在我還是覺得他的眼珠子很狡滑，不過，總算是長大了……

「嚐過了。下回別送了，紅通通的很像血。你知道娘年紀大了，較愛茹素。」

我話一說完，楚海的臉色立時垮了下來。

「娘！這顆貓眼夜明珠極為適合您。」

聲如洪鐘，朗目炯炯，腰上佩著一把寶劍，頭髮不羈散落，身材可比模特兒的男子是楚軍，楚府二公子。其實他本名叫做楚央，只是後來他當了大將軍，大家都楚大將軍、楚大將軍的稱呼他，幾次我也想要試試這個稱呼，沒有想到楚大將軍太難唸，反而先咬著自己的舌頭，氣得對他發火，要他不許欺侮娘親。

沒想到，隔天他就讓國君降旨，自個兒改了名叫「楚軍」。

「是了是了，不過有點沉就是。」額頭前頂著個東西，磨來壓去，多裝飾個幾回，怕我的額頭就要被壓出皺紋來了。

「娘。」

一把好聽中帶著幾分冷淡聲線傳來。最後才走進廳來的是楚府現任當家，楚府大公子。楚明，明字者，日月也。想當初楚老爺子取名真是貪心，要自己的兒子當日又當月，小心變成陰陽人。不過他現在也是我兒子，實在不好詛咒……咳……

他一身未褪的朝服，束得整齊的髮收在冠帽之中。當年的他以最年輕之姿考上狀元之榜，三年後位極人臣之頂，權傾朝野。和幾個弟弟有著相仿的眉眼，卻更多了幾分嚴肅，這模樣吸引了城中以打論的閨女心。

看著眼前這六張幾分相仿卻各有風情的面孔，身為娘親的我感到十分欣慰。我的這些兒子可以說各個都是人中龍鳳，不僅出類拔萃，還文武雙全。而我大榮楚家可是冠蓋京華，沒人膽敢攖其鋒，但我們為人基本上走低調路線從不炫富。

可這幾個優秀出眾的孩子，卻有個大問題讓我很是頭痛。

「你們可知道，這幾天花錦城內出了幾起閨女為情自殺的案件？」閒話家常完，我板起面孔，嚴肅的問道，脖子卻十分辛苦，為了支撐起頭上那顆夜明珠。

他們互看了一眼。

「整整五十三件！」我痛心疾首的一拍椅子扶手，這下把手都拍疼了，可在兒子面前我沒敢聲張。

「城東二十三件，城西十八件，城南十二件，城北十件，應該是六十三件才對。」楚明一皺眉，重新替我重新數了一遍。擁有過人的記憶力，不愧是當宰相的。

「嗯？郝伯，我算錯了嗎？」我小小聲的朝一旁的管家問道。

「是的夫人，錯了，是六十三件。」郝伯汗如雨下。

一年到頭都汗如雨下，真是汗腺發達啊他。

「喔喔！娘只是要考考你們的算術如何、觀察力如何，有沒有認真在聽娘說話。事實證明你們很認真，很好。」我把話圓了回來，繼續板著臉。

「其中有三十七個人……留下遺書，說是暗戀楚家公子不成，心碎欲裂。」

「我聽說似乎是四十六個人呢……」楚殷撥一撥衣襬，疑惑的開口道。

「四十六個人？」我瞪了郝伯一眼，也不提醒我！

「那就是四十六個人。很好，這次你們也發現了，觀察力之敏銳，為娘的甚感欣慰。娘老了，實在不堪這些風風雨雨，雖然楚家家大業大，但害得這麼多閨女為情自殺實在是罪過。」雖然最後一個人都沒死成，但我還是很困擾的，許多閨女的爹娘上門來吵嚷著要我家兒子們負責任。

「那些人要死便死，不須娘費心。」楚海直腸子，想也不想的打回票，一臉嫌惡。

「娘應該知道，風兒生活檢點，絕對沒有對女子無故留情。」最是冰清玉潔的楚風說著。他當國師，三戒五令，自然是潔身自好，但這閨女自殺案件裡頭也有不少他的分兒……

「不過是一群女子花心自想，以為用這種手段就能嫁進榮府，娘無須多慮。」楚明淡淡說著，在朝上掌權久了，這一說話習慣性的就主導全局。

「娘想說的是……娘老了……咳咳……」末了我咳幾聲，表示一下老之將至身體虛弱。

「娘咳了？病了？我立刻讓人差回鬼醫莫名來替娘診斷。」說到自己經營的生意，楚翊立刻正色。

「不……只是風大，一下嗆著……」我一想到莫名鬼醫的醫術就渾身發抖，上回風寒，被他針了幾下隔天風寒全沒了，可疼得我在床上翻滾了幾天不能起來。

「我們楚家祖訓中，不孝有三，無後為大。家有娘親，如有一寶；不聽娘言，如豬如狗……」我嘰哩呱啦唸出昨晚背誦的楚家祖訓，其實除了「不孝有三，無後為大」以外其他我都沒記清，索性自己隨心發揮，意思到就好。

「夫人，祖訓中沒這幾句……」

我還來不及阻止郝伯發言，楚明就淡淡的開口：「娘既喜歡，明兒個添上。」

「所以娘說了半天，是要我們做什麼？」楚明可能懶得聽我的祖訓，趁此機會一次問到重點，恰好我也有點口乾舌燥，一杯茶水灌了下去。

轉頭，一眼掃過去一排美男兒子好不養眼，可是他們現在卻是讓我煩惱不已的最大問題。深吸口氣，我中氣十足的吶喊出聲。

「娘想要抱孫，抱小孩兒玩！你們統統給我成親去！」

話語若響雷，震起了幾里外樹上的鳥兒，也震動了整個花錦城。我，楚府老夫人，覺得生活太無聊，想要孫兒調劑啦！

第二章

楚家能有這番榮景，其實都要從上一代當家楚瑜開始。

楚瑜自一介布衣，倚著精準的經商頭腦，放起了匯款通銀天下的錢莊生意，不到五年，通達天下，而楚家也成為一方富賈之霸。

而不幸此時正適逢荒年，他老爺子一句大丈夫應當幫助百姓，一口氣把七成的家產都捐獻了，這下驚動了大榮國的王室。

大榮國的國君對此銘感五內，覺得這楚瑜是萬年不遇之棟梁，特地拔擢他，讓他做官，還特賜國姓榮，因此楚府也能喊榮府，楚家跟榮家分不開。有國君罩著，自然事事平步青雲，楚瑜開始出將入相。

入得廟堂之上安天下百姓，開糧倉度災年平水患除寇匪，傳說中那個某某君王七年能夠天下不閉戶？楚瑜當朝時聽說連王宮都不關門……

一場衡龍谷之役盪平四國聯軍，威震天下，左手握著帥印、右手拿著丞相玉印，可說一時光彩天下無人能比。

更讓人嘖嘖稱奇的是，那些捐出去的家產就像急著回楚家似的。聽說，這楚家若派出雜役購買彩票，當期頭彩就準落進楚家；再且聽說，不管雜役們私下如何購買，永遠就只有上繳到庫房的那張彩票會中獎。

自然，誇大的流言不少。

其中最為人津津樂道的就是他的妻子們。這楚瑜的每一任妻子都是京城中有名的美人，大家閨秀，可是大抵是配不上楚瑜的命，嫁進來以後總是不滿兩、三年，就都紛紛去世。

死的方式千奇百怪，有人是聞了朵花過敏死的，死得挺美的，人面桃花相映紅；有人吃豆腐因為雜了豆渣子被豆渣噎死的，就不知道是多細的喉嚨；有人是笑死的，聽說那只有萬分之一的機會，不小心抽動了某根連接大腦中樞的神經於是──笑不起……

流言四起，但楚家家大業大，楚瑜溫文俊美，仍有不少的女子前仆後繼要嫁入楚家。於是在第六個兒子楚翊出生而母親難產死亡的同時，楚瑜就表示再不娶妻。當時花錦城內一片譁然。

誰知道六年之後，楚瑜竟然又打算再娶妻。

還是一個剛及笄的少女。

嗯咳，似乎就是在下不才我……

我們一家七口和和美美的坐在一起吃飯。照著年紀大小順序圍坐一圈，所以我左右兩邊的是老大楚明跟小六楚翊。

「娘，吃這個鴨餃子，您一直都愛吃的不是？」

楚翊這孩子就是貼心。鴨餃子可不是普通把鴨肉當作內餡填充而入的餃子，而是以鴨翅去骨，反過來做成餃子皮塞進內餡的餃子。用蒸籠蒸過以後，鴨肉的甜美全部滲入在餡裡，我一直很喜歡吃。

「還是小六貼心。」我拍拍他的頭。人家說么子就是特別得人疼，其實不是我要偏心，這孩子從以前開始就是嘴巴甜一點、愛撒嬌一點，在其他兒子翹著屁股、噘著嘴兒跟我鬥氣時，就只有他一聲一個姊姊膩在我旁邊。

「小六總是這麼小、這麼可愛，感覺上都沒長高多少。可惜性格成熟了，讓娘遺憾。好懷念以前雷雨交加時你總會躲到娘的被窩來。」

人家說，不管孩子多大，總是覺得孩子仍然是孩子，這種父母心天下間不一而同。我呵呵笑著，夾起那顆餃子細嚼慢嚥。

而我吃完那顆鴨餃子抬起頭來，覺得微有聲響。

「剛剛有什麼聲音嗎？」我好像有聽見？還是人老耳背？

「沒什麼，娘多吃點。」楚海說著，夾過一塊石鯙魚放到我的碗中。

石鯙魚吃起來有點像是河豚肉，但是魚肉的美味更為加倍，缺點是多刺，幸好經過楚海的手什麼魚都沒了刺兒。

我給他一抹微笑，可惜桌子太大、人太遠我摸不到頭。

「小六，你不是不愛吃肥肉？」我一轉頭就看見楚翊的碗中有塊肥肉，狐疑的發聲問道。這孩子從小到大就不愛吃肥肉，每吃必吐，奄奄一息的蒼白模樣惹人心疼，我也為此陪他睡了好多晚。

「人長大了，總是要學習。」坐在我一旁的現任當家楚明開口。他夾過一塊碧玉酥到我的碟子上。

這六人中就他長得最像楚老爺子，我對著他的臉總有種對著死去相公的錯覺，嘖嘖，不寒而慄……

「沒事，娘，這塊肉是我要夾給四哥的。」楚翊甜甜一笑，筷子挑起肉轉個方向放進楚殷的碗內。

「哦？小四肥肉要少吃點，吃多血管會硬化，會併發許多心血管疾病，中風、血管阻塞等等等等，老了一身病。」我殷殷勸告。一低下頭便見到一筷香蕈銀針放在我盤中，這整個桌上會頻率過高的夾素菜給我的也就只有茹素的老五，雖然老太太我不喜肥肉，但我人老心不老，還是想吃肉啊……

「娘，多吃點蔬菜對身體好。」

我那聲嘆息都還沒出，就卡在了喉嚨，高人啊高人，娘我始終弄不懂他在想什麼，可惜他似乎都知道為娘的在想些什麼……

「楚殷，既然是夾給你的，怎麼不吃？」我看楚殷跟他碗內那塊肥肉大眼瞪小眼，不是被我剛剛那一番話影響了食欲吧？

「沒什麼，只是見三哥最近瘦了，給他補補。」楚殷瀟灑一笑，果然不愧是連年當選京城佳公子首選，最佳衣著品味教主，隨便一笑都這麼好看，背景彷彿玫瑰朵朵開。

「我記得小海愛吃魚勝過吃肉。不過也應該多吃點肉，畢竟營養不同嘛！」我跟著點點頭，很是感動這種表現。

孔融讓梨、兄友弟恭，這大榮府中一派其樂融融之貌。可以想像這一幕又能成為花錦城中的美談。

楚海沉默了一下，終是把那塊肥肉緩慢的送入嘴中。

……

「娘，嚐嚐這個蓮果湯。國君賞了我一朵雪蓮，家中的雪蓮已經多到沒處擺放，我見這朵雪蓮正當鮮嫩，便煲成湯給娘喝。」

楚軍莫名受到國君喜愛，國君動不動就喜歡賞賜他東西。但要知道，王宮內大半的好東西還不都要經過我兒子們的手才能進貢宮中，國君拿的只能算個次級貨，又不好意思拒絕他、叫他自己留著吃，我們從不炫富，只好喊聲天威浩蕩勉強收下壓在倉庫。

於是乎，能解百毒的雪蓮就這樣委屈的被煲成湯喝下肚。

我喝完湯後皺了皺眉，放下湯匙擦嘴。

「下次要國君別送了，還是小六送來的雪蓮好喝……」

楚軍這孩子雖然說孝順，可是這貼心體恤總是差別的孩子一截……

我正要提起筷子吃盤內的其他菜色時，兒子們此起彼落、不約而同的替我夾菜，讓我盤中的菜餚變成一座小山。

雖然已經高齡之年，但胃口很好的我仍是餐餐三大碗飯。但當我吃到一半時，聽到郝伯在我旁邊輕聲的咳嗽。

「郝伯？你嗓子發炎嗎？」

郝伯看了我一眼，擠眉弄眼的。我幾分疑惑他連眼睛都發炎，這老不修，肯定是昨天偷看了哪個丫鬟洗澡。

「回夫人，是有點兒不舒服，咳咳咳……」

他又繼續咳，咳得我心煩意亂，咳得我吃不下飯……

「郝伯，你如果不舒服能回屋去躺著嗎？這樣也不會傳染他人。」幸好我是個好主子，不喜歡隨便抽人鞭子。而且這人老了火氣也小了，我放下筷子和和氣氣的朝他說著。

郝伯一臉像是吞了一條死魚。

「夫人……」他可憐兮兮的望著我。

忽然，我靈光一閃，想起了昨天的協議。

「咳咳……」我放下筷子輕咳兩聲。剛剛郝伯在那邊咳得天昏地暗日月無光山崩地裂都沒人管，我意思意思清清嗓子，桌面上六個人十二道目光都射過來。

「娘？哪裡不舒服嗎？」

「是不是被魚刺嗆著了？」

「把廚師拖出來！」

「要不喝點茶潤潤喉？」

比起彼落的關切，我心虛了幾分，但戲還是要演下去。

「沒什麼……咳咳……只是娘最近可能年紀大了，身子不如從前了，昨天到畫舫上去玩一玩，不小心吹了風……」

我瞟了一眼郝伯，見他直點頭。自己沒背錯稿子，很好很好。

「加上鬱結在心，所以人有點不大舒服。見到你們個個出落的風神俊美，可惜卻都沒有伴侶在旁，導致現在楚家無後，真是讓為娘的無顏去見你們死去的爹。」說到這裡，我的心實實在在的感到一片黯然。

「瀅瀅，如果是妳，就算把整個楚家交到妳手上我也放心。」

「我那六個兒子，即使現在不喜歡妳，但妳要知道，他們終歸是我的兒子，總有一天會認同妳的。」

「等這場戰役結束，回來我們就成親。」

可是楚瑜沒回來，他戰死在戰場上，深谷懸崖，大火連燒三天，我們連他的屍骨都收不到。

「不孝有三無後為大，娘一想到這個就心裡鬱結，食欲不佳……」從三大碗減成兩特大碗……

他們六人一齊沉默。

楚明和楚風最鎮定，不愧當宰相跟國師的，冷血無情泰山崩於前面不改色，依舊姿態優雅的進食。

我嘆息了一聲。

「你們的爹，一定也很希望見到你們有後，為楚家開枝散葉。」

楚瑜的名號一搬出，連楚明和楚風都停止了進食的動作。

我偷偷一抬眼皮，乖乖，這桌上沉重得緊，說書人大概只能說大榮楚家因為楚老太太一日風寒愁雲慘霧人人愁眉不展？

＊　＊　＊

「感君纏綿意，願為絲蘿隨君去，日日思——思——思——」

「砰！」

上回好不容易買來的西涼琉璃杯，在這顫聲呼喚中應聲碎裂。我沉默的看了那破碎的琉璃杯一眼。

「思——思——」

這時本應是夜潭寧靜，彎月照映，只可惜……唉……

今日我楚老太太心血來潮跟著六個美兒子一起登船賞月，本來想要低調一點，要知道我們為人從來不炫富，但我這楚老太太有悲天憫人之心，剛剛在路邊見到一排乞丐，我讓香蘭每人發了一顆金豆子，就不知怎麼造成眾人圍觀，扶老攜幼每個人都捧個破碗。

唉唉，這年頭沒想到經濟不景氣成這樣，人人都拿乞丐當副業。

我哀嘆兩聲，讓楚翊扶著上船，就不知道哪家的太守把自己的女兒送來，說自己的女兒琴棋書畫樣樣精通，尤其歌喉美妙，繞梁三日。我想今日賞月無歌可惜，好比有肉沒菜，也答應了這太守的要求。

「思————君————」

那快要斷氣的尖叫很明顯就是嗓子上不去，硬是要把聲音吊著上去，好像一頭垂死的豬公在吊環上掙扎。

我看著那只琉璃杯的裂紋增加，心痛不已。雖說錢財乃身外之物，但這只琉璃杯跟了我一年多，好說我們也有喝過幾杯葡萄酒的交情。

眼看就被這割梁三日的好歌喉給毀了，我誠心覺得這位姑娘很有為殺豬市場打廣告的潛力。但幸好我年紀一把沉得住，已經不是以前的魯莽年紀，切記不能一拳打上她的腦袋。我只能兀自忍耐，同時對自己的好修養按一個讚！

「君————」

「啪！」

這次是上次買回來的赤金虹皤盤出現裂痕。我看著出現裂痕的盤子眼眶都紅了，眼淚已經在眼眶裡滾動，喔那盤子我還沒拿來盛過幾次點心……

「君——咳！咳咳咳咳咳！」那位姑娘不知道被什麼東西噎著，咳得滿臉通紅欲斷氣，猛的一看很有關公的面相。

「哦？想必紫娟姑娘是唱得太認真，才會一時嗆著。」

俗稱花錦城雅公子萬人迷的小四楚殷站起來，伸手就去扶紫娟姑娘。他一勾手一抬袖，雖然只是意思意思表達善意，但這人帥做什麼動作都帥，本來在地上咳得天昏地暗，差點沒斷氣兩眼一翻的姑娘一瞬間全好了，通紅著臉羞人答答的伸出手想要搭上小四的手，可惜她一伸手，我家小四就往後挪挪兩吋，始終維持在半個巴掌的距離。

有言道是說這半個巴掌拍不響嗎？

「姑娘站不起來嗎？」楚殷維持著完美笑容，連聲線都溫柔的可以。

能教出這麼漂亮的兒子，我這做娘的也覺得臉上光彩。

「姑娘？」楚殷臉上浮現困惑，彷彿是姑娘拒絕了他的好意。

「人家姑娘清白無瑕，想必是不想跟男子多做碰觸，老四。」現任當家的家主楚明開口，楚殷立刻從善如流的收回手。

「原來如此，是楚殷冒犯。」他重新坐回自己的座位上。

那姑娘發現場中只剩下她一人，方才還浮現著的粉紅泡泡背景一瞬間全數消失，她只好自立自強努力的站起來。

「夫人，平時紫娟表現得很好，也許是今日風大，身子略有不適，嗓子才因而啞掉。不然再為您唱首小調吧？」

我暗暗搖頭嘆息，原來多年媳婦熬成婆就是這種感覺，總是有年輕女子想要跟我套好交情，雖然我好像也沒經歷過為人媳婦的那段日子，楚瑜的爹娘死得早，而我不過剛過門他就在新婚夜沒了影子。

不過，她唱一首長調我就快要短命了，那再加上一首小調，我會不會真的短命呢？我按著胸口，不知道自己還有多少承受度，人老了神經也脆弱了點……

「紫姑娘是著了涼嗓子啞了？正好，我這兒有一顆百香潤喉丸，吃下去保證喉嚨通暢，歌聲甜美。」楚翊帶著笑，從碧綠色的藥瓶中倒出一顆黑忽忽的藥丸。

果然是開藥堂的，沒事就愛隨身攜帶藥品，這警醒了我，不能得罪小兒子，不然他可能會在我的飯菜中也下一把。

「真的嗎？多謝楚翊公子。」那姑娘一臉受寵若驚，做了一個快要昏厥的表情，這把戲老太太我姑娘時也做過不少次……

「這藥吃了就可以見效了。姑娘請。」楚翊笑咪咪的，讓人無法拒絕。

在楚翊閃亮的笑臉下，那姑娘就把藥丸吞了。

「不過方才我忘了說，這藥吃了以後有副作用。為了要讓喉嚨潤暢，藥效會打通身體氣血，在這一年內紫娟姑娘最好不要開口說話，否則氣血暢行之下，可能會不小心上衝喉道，聲音會變得跟男人一樣。」楚翊這才恍然想起什麼似的說道。

那頭正興沖沖打算表演下一首小調的紫娟姑娘，一聽楚翊這番話，眼淚巴巴的都快掉下來。

「這種事情，下次要記得早點說。楚翊思慮欠周多有失禮，還望姑娘海涵。」楚明微微一笑，歉疚的說道。

果然我家楚明做事就是厚道點，還記得要道歉。我認真的點頭，對這孩子的行為很是滿意，讚賞有加，身為楚家當家真是進守得宜。

得到楚明的道歉，終於紫娟姑娘喜孜孜的離開了。

「紫娟姑娘的嗓子真的一年後會變得很好聽嗎？」她一走，我忍不住問起楚翊，有這種神效的藥怎不給娘吃吃，娘也想唱歌像隻黃鸝鳥那樣好聽。

「怎麼可能給她那種藥！我只是覺得她唱得太難聽，讓娘難受，所以給她一點點小懲罰。那種藥一旦吃了就一輩子男人嗓，她即使忍得一年不說話不唱歌不哼哼也會變成男人嗓，省得她再用原本的那種聲音唱歌，不知道還要震破幾個琉璃杯盤。」

好樣的，你這孩子啥時學得這麼邪惡？

「娘不是告訴過你不能這樣？人要慈悲為懷，他人如果做錯事要原諒他們。她唱的不好不是她的錯，頂多是她爹她娘的遺傳不好，或者是她老師教不好，又或者是她祖宗十八代的問題……」

……似乎一不小心問候了她祖宗十八代……

「娘不喜歡，翊兒將來不做就是了。」楚翊人方才還精神滿滿，一下子就變得垂頭喪氣，我幾乎能看見他頭上垂下兩隻無精打采的兔耳，立刻就讓我這為娘的疼到心坎兒裡。

「娘也沒說不行，娘只是要你有所節制，偶爾做、但不要太常做，要不一三五做，要不二四六做，星期天考慮心情再做……」這就是慈母多敗兒啊！可是對這孩子，我就沒法像對楚海、楚軍那樣嚴厲起來，這張小臉蛋要是罰站晒太陽晒黑了怎麼辦？白白嫩嫩的才可愛。

「好，什麼都聽娘的。」楚翊仰起臉，大眼睛眨巴眨巴，可愛至極，完全無法與他的奸商之名對上。

聽聽！多順耳的一句話啊！

「真是娘的好兒子！」我呵呵笑著。想想這孩子也是為了我才這麼做，情有可原。我習慣性的拍拍他的頭頂，接著低頭在他的額上蜻蜓點水的給了他一個晚安吻。

以前他怕黑，所以晚上總是要我陪他睡，當他用兔兒般的眼紅通通的跟我說沒一個吻會睡不著，這讓為娘的我怎能忍心拒絕呢？至今才養成這習慣。

然後我轉頭去欣賞月亮，再轉過來，就看見我家楚翊正「掛」在楚軍的手上抬腿作勢要踢楚軍的臉，一旁的楚海似乎扭著他的胳膊，見到我的反應，他們有志一同笑著回答。

「替小弟拉筋！」

「替二哥整形！」

「我一起參與！」

不愧是兄弟們，感情還真是好！

這是當然的。我教出來的兒子們雖能文能武，但他們絕對都知道練武是為了強身防身，絕對不是逞凶鬥狠。

我低下頭拈了一塊點心，意外看見視線中多出一隻靴子。我順著靴子往上看去，正好見到老大楚明慢條斯理的正在喝茶。

而外頭傳來一聲撲通的落水聲。

「楚翊呢？」我疑惑的看著身邊的空位，方才還在的。

「他說想下船游泳，我們阻止不了他。」楚明慢慢說著。

「娘不必擔心，小弟今日自是有水難之禍。」楚風淡淡一語。

高人啊高人，我總是有聽沒懂，只好歪過頭隨便一應繼續賞月去。

明月高掛，清風送爽，美兒滿堂，怎是一個人生美滿說得了？

第三章

今兒個起床，外頭似乎鬧哄哄的，即使這一區已經算是城東最寧靜的住宅區，但不時仍有高八度的尖叫嘶吼，讓平素喜愛寧靜的老人家我有些不悅。

「春桃，為什麼外頭鬧哄哄的？」我喝了口參茶潤喉，嗯，真苦的東西，但街頭巷尾都表示老人家喝參茶天經地義，我身為老人家的其中一員只好跟著保健養身，於是外頭流傳楚老太太酷愛參茶，深知養生之道，我聽得這句話的時候正忙著刷牙漱口洗去一嘴苦味。

「回夫人，今天是花錦城一年一度的御前比武，外頭許多少年英雄都趕來參加，圍觀群眾萬人空巷，自然是會吵點。」春桃心靈手巧，知道我不喜歡苦味，把那意思意思抿了一口的茶拿開，遞上了一個蜜棗給我換換口味。

「是嗎？御前比武是國君會有賞賜封官的那個節目？」聽說優勝者好像會有百兩黃金，於是大家趨之若鶩，年年有大批的青年報名參加。這活動不光在大榮國國內家喻戶曉，於鄰近各國也頗負盛名。

「是。楚軍公子就是在這場大賽中連三年奪得優勝，於是入朝為官。」

「老二在這場中得勝過？我怎麼不知道？」人老了記憶力不好嗎？幾分茫然。

「有的夫人，因為那獎盃是金子打的，您喊太重扛不動，於是楚軍公子特地把三年得來的獎杯都給融了，打成一座箔金的梳妝檯，還有各式精巧的梳妝盒，您不是用得挺開心嗎？」春桃細聲提醒。

我這才想起來好像有這麼回事。那時國君送來個跟鴕鳥蛋一樣大的獎杯，還是足金重，我想說試拿看看，結果太沉，一不小心把國君賞賜的獎杯摔凹了一個角，讓眾人大驚。大家急忙著要去搶救獎盃，說什麼國君的賞賜是至高無上的榮耀，此時我也重傷了，不小心碰斷了一根小指指甲。

我朝楚軍哭訴去，說他的獎杯欺侮他娘。楚軍為此進宮，怒吼國君為何送個碰斷他娘指甲的金獎盃進來，要國君以後不許再送。不知道為什麼這件事情傳了出去，就變成我家老二是個不愛沽名釣譽的清高人士，視錢財如糞土，認為國君如此大灑錢財敗壞國運。

在這種謠言下，我家老二扶搖直上忽然莫名就變成大將軍。當他金光閃閃的披著鎧甲走進家門，嚇得老太太我以為門神從門上走下來。

到現在我還沒弄懂他究竟是打了恆揚谷之役還是諾曼第登陸戰被封賞。

「那之前怎麼都沒這麼吵鬧？」想了一想，我還是覺得不對。

如果說前幾年都有舉辦這個活動，那時怎麼我都不覺得吵呢？難道到了某個年紀，人的耳朵就會突然靈光起來？

春桃一笑，那雙杏眼就微微彎起，人更顯得嫵媚。她裊裊婷婷的走到我身後，輕重恰好的按揉我的肩膀。這孩子的一雙巧手可比最高級的按摩師，我開心的眼睛都眯了起來。

「回夫人，那是因為今年的活動特別。聽說花錦城的比武困難重重，難度太高而曾經多年勝者從缺。今次主辦方又加重了比賽關卡的困難度，特別商請曾經三連霸的冠軍回來坐鎮最終擂臺賽，自然造成萬人空巷。」

「那三連霸的人是誰？」還真厲害。關於比武這點我也有點耳聞，據說生還者都只有一個證詞。

那不是人類的領域……

「自然是楚軍公子。」

「嗄？咱家楚軍？」

那名劈破金山躲過火球追擊與猛獸赤手空拳搏鬥以後活下來的響噹噹的傳奇人物，原來是我自家的兒子？

啊、好不慚愧！但這年頭又沒有聯絡簿，可以讓他把每天做了什麼事情寫起來給我看。我決定了，下次有機會應該要跟兒子們提議寫個交換日記。當然，不能只跟一個人交換日記，不然厚此薄彼的話，會造成兒子們心理不平衡將來爭風吃醋、兄弟鬩牆。

可是，一次寫六本日記，感覺老人家脆弱的手腕會因此得到肌腱炎……我想到這兒，忽然幽幽一嘆，要知道這養兒育女可真是大工程……

「要不然夫人去看看公子比賽的情況？」

這麼一說好像也不壞，做人爹娘就是參與孩子的成長過程，於是我欣然點頭。

但要知道，我楚老太太平時出門通常都只坐在馬車內絕對不露臉，雖然很想跟外頭的人打打招呼，可每次我掀開簾子都發現，侍衛已經把附近的閒雜人等淨空。鑒於多次出門總是跟隨著過多的侍衛，太過勞師動眾，所以這次就低調些吧。

「春桃，我們自個兒私下去便是。」

春桃本要喊人，聽到我這麼吩咐，臉上浮起了奇妙的笑意，應聲稱是。

我們到了比武會場，那可真不是人山人海可以形容的，因為海浪都打上來了，人群外側有不少人為了爭睹場內的風采騎到別人肩上，而人群內層更是混亂的扭打成一團。

「看樣子是擠不進去了……」我搖頭嘆息，難得出來一趟，卻什麼也看不到就要打道回府。

此時，幾道黑影從我頭上掠過，我疑惑的往上看。奇怪，哪來這麼大隻的鳥，而且還會大叫住手啊饒命的？

「夫人，走這邊！」春桃笑意盈盈的招呼我。

我乍然發現群眾中讓開一條康莊大道，好像摩西分紅海，喔、不，是分海溝，兩邊的人潮統統站得遠遠的。

現在的年輕人真有禮貌，懂得禮讓老人家。

我心中讚了兩聲，從善如流的從人群讓開的道路中走去，可我一瞥站立一旁的人，他的臉色就變得發白，冷汗直流，口中直嚷著女俠饒命。

「哪兒有女俠可以看？」我也想看看，於是很有禮貌的詢問他。

那人的臉色從慘白轉變為慘綠。活這麼大把年紀，我第一次看到有人的臉可以變得跟蘆筍一樣綠。看他直直望向我身後，我也好奇一把，想看看他究竟是在看些什麼，轉過頭，我只看到面如桃瓣的春桃朝我甜蜜一笑，沒看見他口中的女俠。回過頭打算繼續請教他女俠到底在哪。

乖乖，我這一轉頭他人就不見了，真令我嘆為觀止！大榮國的青年才俊果然臥虎藏龍，我猜這招應該叫作移形換影。

於是我走到哪，哪兒就讓條路，很快的，我來到了一個視野最好的位置。不過我來的時候好像有點遲，前半部的考驗項目，像是徒手翻越荊棘劍山、立於箭雨之下，以及跟三頭極地雪狼搏鬥都已結束。我看了看已經考核完畢的項日，覺得今年比武難度好像不怎麼高。

聽說不知道哪一年出的比武考題是生吞一百隻螳螂、五百隻蜘蛛、一千隻蟑螂，那年全軍覆滅無人生還。不過，生吃那些昆蟲跟武術有什麼關係，老太太我一直搞不清楚。

終於來到了萬眾期待的擂臺比賽，不時都能聽見參加者的支持者發出尖叫。

「各位觀眾，請千萬保持高度的公民道德與意識，不要往臺上亂丟鮮花或者臭雞蛋、爛水果、爛菜葉類，或者試圖丟金子銀子給支持的參賽者，這樣會造成比賽現場的混亂……」

主持人在臺上丹田運勁拚命吶喊，可惜臺下沒人理他。

「啊！楚大將軍！我們愛你！」

忽然一聲拔高的尖叫，吸引我的注意。

楚軍忽然在擂臺上現身。他身穿紫晶甲虎角靴，頭戴特賜的花錦城徽章頭盔。但不是我老人家要碎嘴，一個大男人戴朵花在頭上看起來實在是一點都不頂天立地。就不知道臺下這些小姑娘們為何會為他瘋狂至此。

「楚大將軍，我們也愛你！」

聽到眾女的支持吶喊，尚有另一群支持者也不甘示弱的喊了起來。

我循聲看過去，竟是一大票的男子，清秀絕倫的有，滿身橫肉的有……我忽然擔心起來，我的媳婦可能不一定是女的，也有可能是男的，就是不知道機率各是多少……

「你們這些不要臉的男人，楚大將軍才看不上你們！」

「不要以為自己是女人就勝券在握。這是自由戀愛的世界，楚大將軍還沒結婚，人人有機會！」

一來一往，結果擂臺賽未開打，卻變成男女兩方支持群眾的對壘熱身賽。我看得津津有味，覺得這一趟出門值回票價。

「這一場，將由我們的楚大將軍，與優勝者一戰……」

當主持人說出「楚大將軍」這四個字的同時，眾人全部寂靜，連互丟臭雞蛋、爛水果的兩邊支持人馬都停止叫陣，終於有人肯理會主持人了。

此時，我看見腳邊落了一個熟透的番茄，還沒全被砸爛，就悄悄藏起來，準備等會兒有機會也砸砸看。

這種水果也算是稀有，我不常見呢！

楚軍摘下頭盔遞給站立一旁的人。只見他微微瞇眼一笑，一瞬間就神奇的從高擂臺上消失，然後再輕飄飄的重回擂臺上。

因為楚軍的功夫太過於出神入化，眾人一下愣了神，然後又如大夢初醒般，尖叫落淚，彷彿看到什麼偶像巨星。

看著這一幕，我搖頭著嘆息。以前他輕功可沒這麼好，去河邊玩水時都還會摔進水中，雖然那幾下似乎都是我推的，不過那也是因為我望子成龍心切，希望他的功夫能一日千里，現在看來，他的輕功的確大有進步，不愧為娘的我督促練習。

我一抬首，只見一把清水南華劍握在他手中。

這千年寒鐵鑄成的劍，是他十八歲的生辰禮，是我親自一步一步上了南華山跟個冥頑不靈的老頭兒求取到的。

當我拿著劍下山時，每個人都涕淚縱橫，覺得我真是英明神武，可事實上，這把劍是我送上三大本大陸上難得的春宮圖冊後拿到的。我不好意思破壞他老人家的名譽，所以也就沒有加以解釋，畢竟都百歲的人還愛看黃色書刊，說出去實在不太好聽……

但今天看他握著這把劍威風凜凜的模樣，為娘的很是欣慰。

雖然那是黃色書刊換來的……

對頭那小夥子也不甘示弱，大吼了一聲。

唔，其實我不大了解為什麼每次要決鬥前都要先吼一聲，是要嚇嚇對方嗎？不過戲文裡通常都只有跑龍套的角色才會在爭鬥前大吼一聲，然後很快就被主角解決掉。

果不其然，我家楚軍斂去笑容。灌注了內力的南華劍，發出輕聲的劍嘯，劍身在他手上微微顫抖，亮起鋒利的劍芒。他倏然向前，疾如鬼魅。對方也了得，輕巧一避，竟然閃開了。

大概臺下觀眾期待著楚軍一擊必殺，這一下攻擊沒讓對方倒地，群眾很是失望，紛紛發出怒吼。自然是對著無辜的優勝者怒吼。

雖然處在這種四面楚歌的狀態下，即使知道對手是有戰神之稱的楚大將軍，優勝者依舊十分自信賣力的應戰。

楚軍往後退開兩步，揚起眉有幾分讚賞的意味。

我一點也不擔心楚軍，因為我想起了當時這些孩子還小的時候。

「郝伯，你知道要養成一個孩子端正的品性和堅定的心志，最重要的事情是什麼嗎？」

「嗄？老僕不知。」

「最重要的事情就是要立志。立志要趁早，立大志才能做大事。所以我的兒子們現在每一人都有一個相隨一生的座右銘，是我這個做娘的為他們挑選的。」

想到當初我翻開了那本厚如城牆的辭典，看沒兩頁就頭昏眼花，正巧看到一句不錯的句子，便抄寫下來，讓楚軍當作座右銘。

「夫人，您給二公子什麼座右銘？」那頭郝伯追著我問道。

於是，我轉過頭，笑著說道：「我告訴他，百戰百勝。」

百戰百勝。

勝負只在咫尺之間，沒人看見怎麼發生的，但就見到那優勝者的一把長劍盪在了空中，垂直插入擂臺旁的地裡。

一片沉寂，眾人望向擂臺上。

楚軍露出今天第二個笑容。

「不錯。」

於是歡聲雷動，都快把我的耳膜震破了，但我不介意，也學著他們雙手往上一揮，開心嚷起來。這爹娘替孩子高興哪有錯是吧？

不時，人群又沉默了，只剩下我一雙手尷尬的舉在空中。

一片鮮紅淋漓的番茄汁液，從楚軍頭上流下來。我左看看、右看看，最後默默的看向自己掌心，還有些番茄殘骸，原來始作俑者是我。

所有人的臉沉得比惡鬼還恐怖，活像我做了十惡不赦的大壞事。

我在這一片沉默中往前走了兩步，很不要臉的自己走上擂臺，從懷中拿出帕子替他擦拭，心中直犯嘀咕，沒事長那麼高……還要為娘的踮腳擦拭……

「沒事，我替你擦擦……」

此時，楚軍雖然沉著張臉，可是眼中卻閃著笑意，看來打勝的他心情不錯，即使被番茄砸到也不以為意。

「娘怎麼自己出門了？」楚軍低聲問著。

「春桃跟我說你今天有比賽，為娘的自然要來替你加油。雖然自立自強很好，但要知道，你在娘心中永遠都是那麼小、那麼可愛，偶爾也要讓娘擔心一下……」

我戳了戳他，示意他彎下腰來，否則擦不到頭上的汗漬，沒想他竟沒有收到為娘我的訊息，直接把我抱起。雖然這樣的高度的確也能擦到頭頂的汗漬，但似乎有點古怪。

我還在想究竟是哪裡古怪，楚軍就已經抱著我走下擂臺。

四周靜悄悄的。

敢情是娘替兒子擦頭有這麼稀奇嗎？

隔天，城內小報登出來了——

楚大將軍迷戀上番茄俏佳人。

標題下頭大篇幅的聳動報導楚大將軍如何被一名絕世佳人拿番茄砸中，又如何的深情溫柔毫不發怒，最後還摟著美人一同離去。

但不管怎麼查也查不到有關那名女子的消息，於是小報很聳動的根據那名女子的特徵，替她起了個稱號叫作「櫻姬」。

「為什麼娘在比武現場那邊好半天了都沒看到這『櫻姬』？這是誰家的姑娘？」

一看到報紙的內容，我便氣呼呼的追問著楚軍。要你們結婚不結，居然私下不純潔的交往，都被小報刊登出來了還想騙我這個娘？

「……」

「你說，楚軍！」

「娘……」

「不要叫我。我要聽你說那個『櫻姬』是誰家姑娘，娘要去下聘！報上都登出來了，還不趕快娶進門？」

「……」

到最後楚軍還是沒告訴我那名「櫻姬」究竟是誰，於是氣得我和他斷絕關係半日。

雖然我私下派人到處尋找那名女子，卻也遍尋不著，只能說她沒這機會當楚家媳婦……

第四章

月黑風高，賊媽夜。

隱匿在黑夜之中，本老夫人輕巧的跳過兩樓高的樹再翻過牆，接著跳上屋梁以靈巧的步伐踏過瓦片，中途不發出一點兒聲響，貓步潛行，直達我的目的地……

基本上一個老人家是不可能做到上述這樣的事情，而且老太太我一把老骨頭，不適合激烈運動。雖說我的兒子們都武功蓋世，但那是他們的事情，跟我一點關係也沒有，我最多就是只能偷偷摸摸打開後門跑出去。

拎著一個收拾好細軟的包袱，沉得讓我叫苦連天，肩頭痠痛。

為什麼晚上好端端的我不睡在我軟綿溫暖的被窩裡，偏偏要這樣偷偷摸摸的離家出走？

要知道，身為大榮楚家楚老太太，我行得正、坐得端，可供天下人榜樣，但由於昨天去聽戲，看到一段兒子為了媳婦跟爹娘翻臉，結果媳婦跳河兒子也跟著跳的慘劇，讓我心中感到惶然。

想我將兒子們養到這麼大，沒花多少心意，但銀子卻花上不少。雖然我的確想含飴弄孫，但想到要是兒子們跟媳婦愛得死去活來，最後因為媳婦想要跳河而兒子也跟著跳河，那我楚老太太不是虧大了嗎？

六個美兒子變成五個？

單數多不吉利，不成不成。

以後門聯就不能用六六大順這詞兒，只能用五福臨門。

要知道，每年過年楚府都會小賭怡情，而老太太我只要喊聲六六大順，就運氣轉眼順風順水。那些兒子能文能武，賭技卻不怎樣，樂得籌碼都堆到我鼻尖高。

所以根據這戲曲中的線索「跳河」，我第一個要關心的就是經營「水業」的兒子楚海，但首先我出府不到半個時辰就遇上了一個問題。

事情是這樣的，聽說今夜有一批貨物要自水路運進花錦城，楚海為了調度人手，陪同我們吃過晚飯後就出門。那調度站離楚家不遠，騎馬只要半個時辰不到；走路可能花費久一點的時間，約要一個時辰才能到達，但我現下都走了半個時辰，卻發現自己還在楚府後門打轉。

「啥時楚府有那麼多後門的？」為了怕迷路，我一看見路就左轉。

以前楚瑜教過我，太陽升起是東方，把右手對著太陽，左手的方向就是西方，聽說貨物是要運到城西，於是我每遇到岔路就往左手拐，莫名的卻發現我一直走到楚府後門。

「要是讓我知道究竟是誰做了這麼多道後門，非懲罰他不可……」

怪了，究竟是哪裡出了問題？

突然一陣涼風吹來倍覺蕭瑟，老太太我只好一屁股坐在後門的臺階上，頗有幾分孤單老人的淒涼……

「姑娘，妳怎麼自己一人坐在這裡？」

姑娘？肯定不是叫我，我這年歲已高到人人都要恭敬的喊聲老太太了。不理他。

我低下頭繼續在地上畫圈圈，自我背影灰暗化。唉……原來這就是獨居老人的淒涼……

此時，有雙靴子進入了我的視線範圍，妨礙我老人家畫圈圈的雅興。我只好客客氣氣的抬起頭，打算叫那名青年高抬貴腳，卻見他正盯著我瞧。

「姑娘？」

叫我？弄錯了吧？

「這位小市民，請你把腳移開好嗎？」久沒跟外頭的人交際，說起話來我有幾分不習慣。但我也不好意思搬出大榮楚家的名號叫他滾開，要知道我這人從不炫富，即使生活順遂也不會狗眼看人低，很是樂意紆尊降貴跟這些市井小民攀談。

那青年聽見我的稱呼，面孔扭曲了下。但突然他的眼神忽的一亮，緊緊盯著我不放，嚇得我以為是臉上哪條皺紋跑出來嚇人，趕緊摸上兩下撫平一下。

「這位美麗的姑娘，深夜在此孤身一人，是很危險的。」他一甩袖伸出手像是要扶我。

我狐疑的看看他，再看看他伸出來的手……

年輕人你眼睛閃光很嚴重喔……看不出來我年事已高，已有六個兒子了嗎？還是夜色把我臉上的皺紋遮光了？但有人願意伸出手扶一下，本老太太還是很樂意接受啦！反正我腿也很痠。因為我是秘密溜出府外，也叫做……嗯……微服出巡，所以沒有牽匹馬出來，現在後悔得不得了。

「姑娘是要到哪兒去？」那青年不知為何又更殷勤了，眼睛亮得像是夜中的兩盞燈籠。

你不知道老太太我晚上受不了太刺眼的光線嗎？

「我要去城西。」既然人家好心的願意拉我一把，總不好意思拒絕。而且這一聲一個姑娘，聽得老太太我心中舒坦。

「這裡距離城西不近呢！如果姑娘是要步行，那麼距離太過遙遠了。」他蹙眉，幾分擔憂。

沒想到現在的年輕人如此敬老，他在老太太我心中的印象八十分。

「不如在下送姑娘一程吧！」

既然有人這麼敬老，有何不接受的道理。

他不知道打哪兒弄來一頂非常俗麗的轎子，我看著就忍不住皺眉。扣分！

看來現在年輕人沒有什麼時尚品味。但是轉念一想，也不是每個男子都像我家楚殷這麼才華天生。要體諒一般民眾，畢竟大家生活艱苦，為了吃穿哪有空閒時間研究生活品味。沒想到今天又悟到一個重要的道理，等一下記得寫起來，下回一起吃飯的時候訓誡兒子們。

「姑娘，請上轎。」他走了過來，要扶我上轎。

一掀開簾子，我就聞到一陣濃濃的香水味。

「我看我還是別坐好了。你能有這份心意，本夫人很高興。」我搖搖頭，那味道實在太過刺鼻，嫌蚊蟲太多要驅趕蚊蟲嗎？

「姑娘不滿意？不然我再換換？」青年幾分急切，說完後又忙跑走。

沒一會兒他又弄來一頂轎子。

「太小了。」

再換。

「太大了。」

再換。

「顏色太淡。」

再換。

「轎子磨損了。」

再換。

「似乎前前頂比較好……」

……

就這樣折騰了十頂八頂。

我看他跑得滿身大汗，覺得幾分不忍心。這麼有敬老的心，雖然比我兒子們差一點，但也算不錯了。

「那重看一次好了……」

於是我看見他兩眼一翻，口吐白沫倒在地上。

這轎子小歸小，但坐起來還算舒服，我便靠著轎壁迷迷糊糊的打起瞌睡。

一瞬，馬車卻突地戛然而止。

「海幫……」是那青年的聲音。

「我記得我說過，在我們海幫的地盤上，都不得有任何拐賣人口的行為。」

強有力的語氣，讓老太太我有幾分耳熟。

誰拐賣人口了?老太太我一定要主持正義，拯救村民。

「阮小七，你已經有多次前科，沒想到還是明知故犯。」

這聲音真是越聽越耳熟，耳熟到讓我忍不住掀起車簾一看究竟。

一打開不得了，轎子前大陣仗，無數的壯漢持火把團團圍住了我們。

站在壯漢們最前頭的男人，兩顆眼眸閃爍的像是寶石；一身的肌膚晒成了古銅色，平滑的肌肉看起結實而有彈性；波浪般的鬈髮是他最明顯的標記。

他旁邊卻不合宜的站著一個嬌俏美麗、皮膚潔白，丫鬟打扮的美人。

在轎子前的青年發白，顫抖著脣吐不出一句話。

「而且，你還真是不知死活到了極點。」他淡淡一語，雙眼銳利。

我揉揉眼，把人看得更仔細。

「嗄？小海？」

噗！岔氣聲四起，眾人紛紛瞪大了眼。

「娘……您怎麼又跑出來了……」楚海深深嘆口氣，似乎莫可奈何。

「欸嘿嘿……娘想給你個驚喜嘛……」我左瞧瞧右看看，乖乖，怎麼來一大群人，一睡起來就風雲變色，本來想要低調的……

「你怎麼發現的？娘一直很低調啊？」怪哉，怎麼被發現的？我慢吞吞的步下轎子。

「娘？您哪裡低調了？」楚海嘆一口氣。

所有人一起往轎子後頭看去，不知道何時起，轎子後頭竟排起長長的乞丐人龍，扶老攜幼，一家十幾口都捧著破碗跟著，在這黑夜之中吵雜鬧嚷宛如趕集。

老太太我幾分茫然。出門施捨金豆子一直是我的習慣，怎麼著？

見到楚海旁邊的那個嬌小女子，我一下瞪大了眼，以為終於抓到他的小辮子。仔細一看，沒一會兒我又垮下了肩。

「秋菊？妳怎麼在這裡？」原來是我老人家的貼身丫鬟。

「奴家擔心夫人哪！」搭上秋菊乾淨的眉眼，她說的話聽起來特別悅耳。

「要知道，夫人平時都早早上床就寢，晚上總是一覺到天亮。奴家擔心夫人深夜會睡倒在大街上……」

多麼貼心的孩子，讓人亂感動一把。於是我打了個呵欠。

不過老人家真的不禁累，果然這半夜還是不能不睡覺出來溜達。

一歪頭我就要站著睡著了，結果被人伸手一撈，鼻尖傳來微微的海水味。

人老不禁睏啊……

＊　＊　＊

「吩咐人回去說一聲，娘現在在我這裡，她沒事。」

模糊的嗓音透進夢中，我迷糊的睜開眼，剛好看見楚海正背對著我，肩下的鬈髮像海上的波浪那樣閃亮。

這孩子天生就有這種特異的鬈髮。也許這樣的特徵在這大陸之外不稀奇，但在大榮國內可就被人側目得很，據說是楚瑜那一任的妻子有混著外族血統，顯現在楚海身上。雖然鑒於大榮楚家的威名太盛，也沒人膽敢當面跟楚海說些什麼，但小孩子總是敏銳，那些有色的眼光集中在他身上他是知道的。

我第一次遇見這孩子，他彆扭而暴戾，是個討人厭的霸王公子，動不動就要拿錢砸人、拿威勢逼人。

「妳是狐狸精！」

第一次見到老太太我，他就這麼凶巴巴的說道，身後還跟著幾個混混般的小鬼頭。

這種話我聽習慣了，也不跟他計較，逕自將一株素蘭換盆。移株的時候要小心，否則不習慣新家的素蘭很快就會枯萎。

「欸！本公子說話妳有沒有在聽！」他說著，然後伸手將花盆推倒，花盆碎裂在地。

我伸手要拯救那株素蘭，他卻惡意的往那株柔弱的蘭花枝幹踩上好幾下，摧折的爛如草泥。

「妳拿啊！本公子看妳還怎麼拿！」

囂張而暴戾的楚海，是所有楚家公子之中最聲名狼籍的，因為至少其他楚家公子們還知道做做樣子。

這花是毀了泰半，可惜了這半年的心血。我收拾收拾那些草泥，掘個坑把它埋了，順道唸個兩句儂今葬花人笑痴，他年葬儂知是誰？看那楚海一臉困惑就知道沒讀多少書，這年紀的孩子不學好，將來就沒出息！

於是我什麼也不說，拾起那花盆遺骸走了。

隔天，楚海氣憤難平的衝進我房內。那時雖然我跟楚瑜只是訂婚，但眾人都知道，我即將入主楚府女主子的位置，帳房的一切都管在我手上，我說什麼就是什麼。

「妳這女人，憑什麼要帳房不許發放銀子給我？」

對付這種小鬼頭，姑娘我……咳咳，那時老太太我還是姑娘家喔！年輕而水噹噹二八年華美得像朵牡丹花，不像現在是霜晚的菊花……

「憑你花錢如流水，吃米不知米價。」

「妳憑什麼管我，妳又不是我的誰！」

「小心你這句話，本姑娘很快就是你的娘。所有街頭巷尾都知道，後母是最愛虐待前妻生的小孩，但我這人很好相處，順我者昌逆我者亡。」好歹那些天橋底下說書的我聽得很熟，要怎樣當一個惡毒的後母裡頭都寫得很詳細。

「妳才不是我娘！」楚海咆哮一聲，衝了出去。

「男兒有淚不輕彈」，我在帳上記下一筆，將來還要糾正他這個壞習慣。

這一去，楚海七天沒有回家。下人紛紛通報楚瑜，他卻笑而不答，任憑我動作。只是晚上在房內揉揉我的頭。

「瀅瀅，可別欺負得太過火，好歹他也是我的兒子。」

我聳聳肩，不置可否的受用。楚瑜就是這樣，柔柔軟軟的一句話，讓人有火氣也全滅了。

楚瑜的這六個兒子雖然個個都彆扭傲嬌，但從他們的眼神看得出來，他們對於楚瑜是相當崇敬喜愛。

「時機到了，我自然會行動。」

七天後，我派出的一直跟著楚海的僕人回報楚海的消息。於是，我找了過去。

那時他待在河堤邊，一身上好的衣裳都破爛不堪，是跟那群狐群狗黨打起架來造成的下場，稚氣未脫的臉上是茫然無措。

「我能坐這兒嗎？」也不理他的反應，理了理裙子就在河堤邊坐下，也不管地上的泥土是否會染髒了我的新裙子。

「妳來做什麼？」他有氣無力，看來銳氣已失。

沒了楚家的威勢和錢財，想來這七天他吃了不少苦。這年紀的孩子將來還有可為，壞脾氣很容易改變，只是需要一點提點。

「來嘲笑你。」我順著他的問題回答。對於打擊孩子的自尊心我毫無罪惡感。「看來沒了楚家做你的後盾，你就什麼也不行，像個廢人。」

「我不是！」他憤怒的一吼。

看來還有反抗的能力。

「你可能現在不是，但你再這樣繼續墮落下去就會是。」我搖搖頭，一把執起他的手。雖然這孩子長得比一般孩子高大，但不懂得鍛鍊，只是中看不中用。

「妳要做什麼？妳要帶我去哪裡？」

我拖著楚海上了船，不管他的叫囂，讓船夫划船出海。

他雖然很是憤怒，但我早注意到，每當他看見河上的船駛過，他總會駐足多停留一下，眼中透著渴望。

順風順水，我們抵達出海口，正好是夕陽西下。他攀在船舷，滿臉不可思議。

「好大！」

廣闊的海跟天地融為一體，遠遠的地平線上翻起波浪，每個自然的景象都震動著這個孩子的心。

「這是海。你從來沒有看過海吧？」

「我……我當然看過……不過就是很多水而已！」

沒戳破他的謊言，我也學著他伸手搭上船舷。

「你知道嗎?其實海上的波浪，是很遠很遠的風吹過去的。它們在海上一波一波競逐著。有些浪在過程中消耗殆盡碎了，有些卻凝聚著力量成為大浪，去到岸邊，打在礁岩上激起美麗的浪花。」

「在遙遠遙遠的國家，他們會在海上建築燈塔，那是為了指引在海上迷途的船夫。港灣吹來的海風，涼中帶著強勁，海上男兒都是在這種風浪中砥礪出堅強的意志。」

他聽得入迷，眼神更透露渴望。

「楚海，我其實不想責備你，沒有人有資格去責備別人。」

隨著我的話，楚海轉過頭來，黑亮的眼眸比過去任何時候都還要閃亮。

「責備別人，不過是用一種自己的道德暴力去強迫別人信服。你要知道，海納百川是海之所以能大的原因，所以不能將自己的想法強套在別人身上。你有一頭很美的頭髮，你有得天獨厚的背景和家世，這些都是你的幸運，你大可以高高昂起頭驕傲的活下去。」

「但即使我怎麼努力，我永遠都比不上哥哥們！」他吶吶的說，幾分落寞。

「一文、一武，楚明和楚軍的確有自己出眾的地方，但你也有自己的路，不想活在別人的陰影下，那就活成自己，讓別人認同你的存在。」

海洋這麼大，一定能找到屬於你的出路。

「既然不能於文武之中拔得頭籌，那不如你就成為這江海之上的霸者吧！這廣大的一片海，連接著這世界上所有未知的地方，透過這海水，你可以與世界相連。只要你願意揚帆，你就能夠得到別人得不到珍寶。」

「那就是屬於你自己的路，誰也不能以自己的標準否定你。」

「好！」於是他握緊拳，朝著夕陽吶喊出聲。

我在後頭瞇著眼笑著。

唉！少跟他說一句，這時候應該吶喊「我是世界之王！」才符合情境吧！

第五章

那天晚上我摸黑出去找楚海，一不小心跟陌生人走的事情不知怎麼驚動我家老大楚明，導致我楚老太太一早就家門不幸……被人捉著上廳訓斥。

「娘，可還記得我說過什麼？」

廳上楚明正坐高位，威嚴瞪著下頭縮著脖子嘛著嘴的某楚府前任當家，也就是老太太我……

「不得擅自出門。出門須有十人以上僕人丫鬟陪同，若非必要不得露臉，必須笑不露齒端坐轎中。」嗚嗚，這年頭哪有兒子審問母親的。

「那娘為什麼夜半擅自出門？」

他怎麼知道的？肯定是楚海告的狀。兒子長大翅膀硬了，一條心起來對抗娘。戲臺上這時候娘親都要恨恨的講一句「當初生你時就該一掌掐死你」，可惜這些兒子沒半個是我生的，他們出生時我還不知道在哪裡的搖籃內沉睡。

「當家，您打算怎麼處置？」

郝伯牆頭草，隨風兩面倒，很是知道何時誰是老大，對楚明畢恭畢敬，惹得老太太我投去含恨的一眼，遲早要把你開除……

「派人抄了阮小七一幫同黨！在這花錦城內拐賣人口，竟然還把主意打到我娘身上。自今天起三個月，大舉抄城，只要發現有人拐賣人口，嚴加量刑；青樓酒鋪膽敢收買，與販子同罪。」

從語氣中聽得出來楚明火了，是非常非常火，為官多年他向來行事中庸，上次有這麼大動作的雷厲風行是因為宮裡出了個刺客，妄想刺殺新王，楚明震怒至極，七天大規模的地毯式搜索，任那刺客掘地三尺也被挖了出來。

本來是要斬首的，就不知道那被人刺了一刀沒刺成的新國君哪根筋不對勁，竟然愛上了這個國仇家恨一身的女刺客。

根據我楚老太太的判斷，那女刺客刺中的應該是他的自律神經，使得他大腦中樞感情區塊運作失當；但也許並沒有這麼複雜，只是單純因為新國君有被凌虐的癖好……

反正他們就來段轟轟烈烈足可寫成一本比梁祝還要傳奇的愛情故事，現在戲臺上也很愛演這一齣，但由於排場太大，動不動就要跳崖投河拿刀砍人的，也不是每個戲班都演得起。

正當老太太我忙著回憶過往，楚明也交代完了事情。他轉過頭來看著我。

「娘，神遊完了嗎？」

「喔呵呵！人老了就這點不好，連回憶的時間都比平常多一倍。」

「聽說娘去找海弟的前天晚上看了齣戲。」楚明眉一挑，郝伯立刻奉上一疊厚厚的劇本。

「海上男兒為愛天涯尋訪之海鷗東南飛？」楚明翻過一頁，輕聲唸出劇名，他的表情讀不出任何思緒。

唉，這孩子就這點不好，跟小五一樣有面癱病。進入王宮後似乎都特別容易得這病？

「你不了解娘是多麼擔心。看完這齣戲以後娘是真的為小海擔憂。你看這劇中主角跟小海多像，扭曲的性格又整天在海上生活，為了個女人一哭二鬧三上吊，他也跟著割喉跳海變海鳥。想我辛辛苦苦拉拔你們長大，如果小海也像這個主角一樣，來個婦唱夫隨……娘只是要讓小海知道，娘是個開明的娘，所以才想說要事先調查一下小海身邊的對象……」

「於是昨晚引起了讓花錦城內騷動的大事件？」楚明不置可否，眼神瞟過桌上的《花錦日報》。

雖然老太太我人老，但眼力還挺好的，一眼看過去標題聳動得很。

狐狸女菩薩昨日顯靈，灑葉成金，花錦城內丐乞滿碗，呼恩謝天。下頭就是一段描寫女菩薩顯現神蹟的過程。

我看得嘖嘖稱奇，覺得這個撰筆者文筆不錯，下回可以多注意注意他的文章。

「今早全國的乞丐紛紛扶老攜幼進入花錦城，引起萬人空巷，期待菩薩再一起顯靈。這回他們在千寧湖跪求，要不吃不喝三天直到菩薩顯靈。」

這又是我的錯了？你怎麼知道報上寫的是老太太我？

就算老太太我以前常常被叫狐狸精，但我現在早就不年輕美貌了，這報上寫的美豔絕倫傾國傾城的女人跟我一點關係也沒有，做啥怪到我頭上？

不過話說回來，老太太我還挺想看看菩薩顯靈，就算我楚家金豆子多得沒處擺，也想拿拿菩薩給的金豆子，那才稀奇！

「娘私自外出，自是有家法可循。記得我們曾經約法三章不得有違，既然是這些戲班胡亂演戲造成娘的誤解，那麼從今天起，娘不得看任何戲班子的演出，不許看市面上任何的通俗小說，為期三月。」

這一句話讓老太太我熱血上湧，老太太我可以不吃雪蓮湯改吃燕窩湯，可以不拿赤金盤拿裙銀盤，就是不能忍受這樣的待遇。

「你這壞孩子！不知道老人家人生無趣，你竟然這樣剝奪我的人生樂趣，你知不知道坐在椅子上發呆久了會得老年痴呆？」好狠的心，想老太太我平時沒事最愛做的事情除了施捨金豆子就是看戲，更愛把這兩樣嗜好結合起來，拿金豆子砸臺上的演員。

難得一回大聲嚷嚷，自覺中氣十足大概能震落十里外的鳥兒，可連梁上的吊飾都沒動一動。

「娘，怎麼了？」楚殷的聲音一出現在門口，老太太我立刻足不沾地的飛奔過去，哇的一聲撲倒在他的懷內眼淚流下一大盆。

「你看你大哥，你看你大哥，當宰相當到家裡來，連娘親他也管，他不讓娘親看戲。早知道他會這麼叛逆，當初生個包子也比生他好……」

楚殷不愧是花錦城內第一佳公子，不只衣著品味好，連衣裳上都透著淡淡的薰香，聞著聞著讓人不覺心情大好；但外頭的人都說我家楚殷是個市儈的商人，也許這就是傳說中的銅臭味吧！

「娘，聽見沒？」楚明的臉色越發難看。

傻子才聽見！

「沒聽見，娘老耳昏花雙眼不明什麼都聽不見也看不見！」

聽罷原委，楚殷無奈對我說道：「既然娘被禁了書戲沒有娛樂，那麼，最近花錦城時裝節又要開始了，不如娘一起來繡閣監督監督繡娘們吧？」

我正愁著沒事做，被楚殷這一說，老太太我心動了。沒錯，人老了就是要倚老賣老，動不動就頤指氣使使喚他人，平時我管著一群丫鬟也管的井井有條，繡閣內的繡娘肯定難不倒我。

「喔呵呵！需要娘幫忙大可以開口，雖然娘希望你們能有堅強的心智和果決的判亂力，有時會對你們的困難見死不救，但娘還是相當慈愛的。」我笑咪咪的拍拍楚殷的頭，不知怎麼他嘴角抽搐一下，不愧是佳公子，連嘴角抽搐都不錯看。

＊　＊　＊

大榮國一無豐富物藏，二無地利天險，講起來是一個連在大陸上生存都讓人懷疑它為何存在的國家。但偏偏它的地理位置非常微妙，剛好處在四個大國之間。東、南、西方的三大強國為了爭奪第一地位戰爭不歇，最後均元氣大傷，一百年前立下協議以大榮國為永久中立國，從此之後和平降臨。

因為這個中立國的地位，導致大榮國成為大陸上的商人們最安心的地方。

大榮國從沒出過什麼賢者明君，都是些蒔花弄草、風花雪月、浪漫詩才的君主，就都沒啥處理政務的天分，但因為政治動盪少，還總會出個賢能的宰相輔佐，才能讓大榮國屹立不搖。

但這浪漫的國君有浪漫的好處，像是前前任國君，某天詩興大發，他一聲令下把首都植滿了垂緹花樹，散下的花朵有如串串風鈴，風來有如女子款擺。

垂緹花樹一年四季都盛開，大陸上的吟遊詩人們紛紛趕了過來，讚美這大榮首都的花團錦簇、美不勝收。

那些詩人寫了許多詩詞了表心跡，把花錦城城牆上都刻滿字詞，那陣子花錦城的紙價翻了三倍，後來才正式改名為花錦城，甚至成為詩人畫家畢生定要朝聖之地。

想當初老太太我看見這個商機，派人編纂印製大量的花錦城旅遊導覽手冊，免費發送，裡頭介紹的餐館全是老太太我有投資插股不然就是自家開的，賺的錢每天都一牛車一牛車的拉回來。

依照這些國君浪漫的天性，上行下效，人榮國也是國民純樸，朝廷上鮮見勾心鬥角。

這一會兒說起以前就講古講久了，老人家的通病，話又說回來……

「娘，您在這兒乖乖的別亂跑，需要什麼讓丫鬟替您準備就好，等等我過來陪您。」楚殷溫柔軟語的模樣很讓我受用。要知道老人家就跟小孩子一樣需要哄，這說話的態度多讓娘開心。

看來這孩子有學到楚瑜的說話態度，簡直一個樣。

「好。」我一邊樂呵呵的捧過春雪茶喝著，一邊看著楚殷走到室外的大桌，皺眉跟一票設計師討論這一季的流行新款。

聽說之前三個月楚殷都忙著幫誰做衣服，因此擱下了整個時裝節的進度，現在才要這麼努力，就不知道是哪個姑娘這麼幸運，擁有我這兒子等於擁有了一箱穿不完的衣服。

不過，一想到將來兒子的衣服都做給媳婦而自己沒得穿，不禁有幾分唏噓，這茶也嘸得有點困難。

我現下正坐在楚殷平時的私人設計室內，透過玻璃可以看見外頭忙忙碌碌的人潮。

聽說這玻璃可是好東西，是楚殷花了大錢從西方讓人運回來的，光是一路上花掉的金豆子都能堆積成山，看出去清澈透明不說，連人的聲音也可以聽得一清二楚；而外頭的人卻看不見裡頭的樣子，也聽不到裡頭的聲音。

當時楚殷跟我解釋了一堆光的折射散射放射的色散原理、玻璃之中的成分點點點，可惜老太太我有聽沒有懂。

「不如今年以絲帶作為主要飾品，營造出輕盈飄逸的感覺。」

「這個去年的秋天款就用過了。」楚殷沉著臉，哪有一點剛剛輕鬆的態度。

「那以長命鎖的想法作為主題如何？以黃金作飾品，長命富貴，財旺夫家的想法肯定會受歡迎。」

「有哪個蠢蛋會想要在脖子上套著一個沉沉的長命鎖之後，還在衣服上掛著黃金做的飾品？況且如此金光閃閃，你的腦袋也太過庸俗了吧？」

小殷還是這麼毒舌，口下不留人。不過有人說優秀的人才不需要自尊心，太高的自尊心只會阻礙進步的腳步。

我拿著點心邊吃邊看，把別人的吃苦當吃補。

不過室外罵得凶，我點心也吃得快。

雖然老太太我不太愛麻煩人家，但不知道怎麼這繡閣內的姑娘都對我有點不太親切，可能嫌我臉上的皺紋太多吧。

吃光了的點心我不知道該去哪兒拿，猶豫再三之後只好過去打擾人家的會議。

「那個……我的點心吃完了……」

看著這些後生小輩瞪著我看，實在讓我有點不好意思。不知道自己臉上是不是長了什麼，還是脖子上的春枝牡丹絞金珠鍊太過惹眼，早就要小殷換顆小點的夜明珠不聽，我忍不住摸了摸項鍊，更多抽氣聲四起，嚇得我往門邊縮了縮。

「小殷。」

楚殷臉上的嚴肅表情一瞬間化開，從凶暴的獅子化身成無害良犬向我走了過來。

「娘，怎麼跑過來了？」

「我點心吃完了。不好意思打擾你們開會。」我實在覺得抱歉，對著室內的眾人笑一笑，幾分尷尬，就不知道為什麼好幾個人飛紅了臉，可能天氣太熱。

「好，我讓人去替妳再拿一些，他們都很樂意為妳服務的。」

楚殷一轉頭，我看不見他的表情，卻見到眾人臉色瞬間發青，幾名男子迅速以手遮掩自己雙腿之間，跌跌撞撞摀著眼睛逃出去。

一二三瞬間清場完畢。

「咦？他們怎麼都走了？」我只是想要點心……

「他們說娘德高望重，不好意思直視您，就先走了。」

「呵呵，現在的孩子還真有孝心……」是誰說青年一代不如一代，在老太太我看來，這一代還是都很敬老尊賢的。

第六章

「夫人好。」

「夫人請喝茶。」

「這個荔枝甜，恬恬幫您剝。」

「這是秋月自己做的梅粉桂花糕。」

「天氣熱，雨雙給您熬了點白木耳蓮子甜湯。」

「巧兒很會按摩，讓巧兒替老夫人按摩按摩肩膀吧！肯定舒服的。」

「喔好好，都好乖。」老太太我樂呵呵的笑道。

昨天我在繡閣大廳對我家楚殷哀嘆起他的婚事，告訴他，老太太我是沒有門第之見的，只要對方家世清白、心地純良，他喜歡娶個普通女子也可以，瞧老太太我就是多麼好的一個範例。

想當初就是因為我心地善良、待人隨和，才會被楚瑜看上。

而自從楚瑜過世之後，我為了兒子們不得不堅強，接連整倒了大榮國六成以上的盤商、商鋪，控制了花錦城主要經濟位置，可以說是市場壟斷。所以說，娶老婆就要娶娘我這種的才好，上得了廳堂，入得了商場。

怪也怪哉，自從我說過這些話以後，那些本來翹著嘴兒、頭抬得高高的小繡娘們都向我靠了上來，彷彿老太太我是一塊香肉，而她們就是那蒼蠅……

雖然奉茶、按摩很有孝心，但這些出自她們手藝的點心、甜點對老太太我而言，實在有點難以下嚥。雖然我對吃食向來不怎麼挑剔，但身為楚家老太太我的品味還是要有點檔次的，更何況大榮國王宮的廚子都是我們楚家挑剩後才送進宮的，且要成為老太太我的貼身丫鬟的首要工作，就是必須進入非人廚藝訓練學院磨練三年」

不談個人口味問題，單就有幸被一群芳華正茂的少女們圍著，老太太我還是頗有眼福的，但看著看著，突然就有了一種青春東去的惆悵。想當年錦瑟年華的我，讓楚瑜一見就傾心，這樣的事蹟可比這些小繡娘不知要強上多少了。

想到這，老太太我也不禁害羞起來。

回憶雖然很美麗，但是自家繡閣的生意還是要關心一下才是。

「話說，最近妳們究竟在忙些什麼呢？」

我此話一出，繡娘們這時才紛紛想起自己的工作，花容失色跑回各自的繡架前重新拾起針線，好一會兒才有人想起要回答我的問題。

「回夫人，下個星期就是花錦城的時裝節了。這時裝節的比賽活動年年都是由我們楚家繡閣奪魁。今年活動準備起步稍晚，所以現下才會如此忙碌，但參賽服裝應該可以在時裝節前製作完畢。」

聽小繡娘這麼一說，我好像記了起來。

每年這時候，花錦城都會舉辦時裝節，各個繡閣都會在此時推出最新一季的服裝設計，讓專業人士以及民眾來投票票選，只要在時裝節大賽中奪魁，就等同於引領了花錦城當季的服飾風潮，所以各個繡閣自然是花招百出。

聽說往年有繡閣為此大賽請來俊男表演，在身上的衣服上灑水，故意讓布料濕透貼著胸膛，讓眾人遐想連翩，可不知為何那俊男突然跪下嚎啕大哭；還有繡閣讓表演者使用天外飛仙的輕功出場，可惜這表演者的能力不是太好，在出場時就撞上一棵三層樓高的松樹。

我家小四就不耍花招，只靠真功夫。上臺後的他一張俊臉嚴肅無比，惹來一票小姑娘尖叫追隨，票數居高不下。

所以說，人就是要有實力才行，耍花樣是不能長久的。不過似乎記得我有指示小四，幫表演灑水秀的水換成辣椒水，那棵松樹也是刻意移植到表演場地附近的……

但是，在商言商，無奸不商！

「今年城南雪家來勢洶洶，讓人有些緊張。」

繡娘們的話又讓老太太我不由自主的拉長耳朵湊過去。

雪家？是那個以雪紡絲織品起家的雪家？

因為雪家絲織品獨步天下，根基深厚，即使在我楚家的強力攻擊之下仍然屹立不搖。

「有人說雪無雙公子比起楚殷公子可說是春蘭秋菊，不分伯仲。」

而且這名字也很有挑釁意味。無雙無雙，天下無雙。雪家的老頭子竟然膽敢這樣取名，這是不把我六個美兒子放在眼裡嗎！

想著想著一團火氣就上來了。

趁著繡娘們沒注意，我溜進了更衣間找條面罩把自己的臉遮起來，省得太引人注目，我怕我一個老人家走在路上，路人都會因為擔心我摔跤而來過來攙扶我，這會讓我想起那個因為摔了跤而一命嗚呼的先皇。

氣咻咻的往城南去，我倒要看看是哪個傢伙跟我的兒子們平分秋色。

＊　＊　＊

花錦城的道路是經過規則編排的，要到城南找到雪家是輕而易舉的。之前是因為時值晚上、黑燈瞎火，又不知道誰在家裡建了那麼多後門，否則老太太我才沒糊塗到會迷路。

走著走著，雪家的繡閣就近在眼前。

雪家四周栽滿了雪藏花樹，除了冬季外，雪藏花樹皆會開花，花朵小如指尖，呈六角狀，紛紛飄落時宛如雪落。

可真是有如柳絮因風起的風情，但是這也代表雪家的小廝每天都得辛苦的掃地。把錢花在這種無意義的事情上，難怪大榮國首富的地位會被我楚家取代。

雪家的繡閣總共有三層高，從高掛的紗帳漫出香風，隱約可見繡娘們辛勤工作的模樣，讓人忍不住駐足觀看，連老太太我都不得不佩服。這的確是高招，拉攏客人於無形。

一踏進繡閣大廳就見到一座敞開的屏風，屏風上頭灑逸開來的不是畫作，而是雪家最有名的雪紡絲織品，巧妙的用金銀絲線織繡出鶴在雪中舞動的畫面，果然是好手藝，和我楚家有得一拚。

但是，最重要的雪家公子呢？

老太太我狐疑的左看右看，就找不著 個無雙美男，此時店小二已經殷勤的湊上了來。

「姑娘，今天來看什麼布料嗎？」

「唔……哦……我隨便看看……」已經很久沒有這麼被人招呼了，一般我都只要簡單的應聲詞，兒子和丫鬟們就會把我伺候得服服貼貼，這樣逛著繡閣已經是出嫁前的事兒。

忽然繡閣大廳紛紛出現讚嘆聲，然後老太太我就被人潮沖到角落去。

「雪公子！」

「無雙公子！」

「雪公子來了！」

抬頭望去，只見有個人被眾人簇擁著從二樓走下來。那人含笑自若，一身白衣勝雪。鼻梁高挺、皮膚白皙、眼如墨玉，活像是中西合璧。

「各位今天大駕光臨，是無雙的榮幸。」

不好不好，這下子連老太太我都沒辦法偏頗自家兒子，這雪家公子的確滿俊帥的，可我記得明明雪家老爺長得不怎樣，卻能生出個這麼英氣勃勃的兒子，也許該寄封黑函給雪老爺子，告訴他這兒子可能不是他的。

「小僕人，搬張椅子來。」站得有點腳痠。平時老太太我的活動最多就是坐著看戲，今天路走多了，又站這麼好一會兒，活動量暴增，自然要歇歇，便吩咐起別人家的小二，但是我的態度非常自然，所以小二也就領命去為我搬椅子。

待他忙不迭的離去後，我才想起來忘記吩咐他順帶取點茶水過來，只好又命令經過身旁的另一位小二，給我來點點心、涼扇以及靠背的軟墊。

沒一會兒瓜果糕點一應俱全，十幾把涼扇在身邊搧動，讓人覺得周到的服務，看來雪家把下人們教育的挺好的。

驀的人群朝兩旁退開，雪無雙款款向我走來。老人太我左看右看，發現這方圓十尺內目標物只有我一個，難道進來探聽的事跡敗露了？

奇怪了，老太太我向來都很低調的，雪無雙怎麼發現的？看著眼前人潮退開的大路，這問題讓我陷入沉思。

「這位姑娘沒有見過，可是新來的客人？」

「喔呵呵，對對，新來的，初來乍到不太熟悉。」

「姑娘可有看到什麼喜歡的衣裳？」

老人家就不太挑衣服了……

「都不錯，都不錯，只是還沒看見中意的。」忽然發現整個廳內似乎眾人都注意著這個角落，我忍不住垂下頭，幾分侷促。

「姑娘似乎眼光好，看不上這裡的衣裳，不如上樓看看，相信能讓妳滿意。」

那他們會把時裝節的衣裳也放在二樓嗎？

好，不入虎穴焉得虎子！身為一個好娘親，要為自己的兒子身歷險境找尋對方的弱點。

跟著雪無雙的後頭上了二樓，我這才發現雪家繡閣二樓與一樓是完全不一樣的風情。整層樓沒有任何隔間，極具開放式，只有一整面的從上垂墜而下的珠簾作為裝飾，風一吹過，珠簾碰撞，發出一陣清脆的聲響。

「設計得真好。」老太太我忍不住讚嘆，果然是年輕一輩中能與我兒子相提並論的公子之一。

「謝謝。」

雪無雙站定，似笑非笑。

「姑娘很有眼光，希望不是來者不善。」

一句話差點沒把老太太我嗆死。

「你說什麼？我一個老人家哪會來者不善……」

「姑娘臉上的面紗出自城北楚家繡閣。雪家、楚家的擁戴者均非常忠心，身為楚家的擁戴者不應該在這敏感時節踏入雪家，除非是另有所圖。」

咳咳！早知道不應該隨便拿一條面紗！

「不過也無妨。我雪無雙不是心胸狹窄之人，姑娘不妨看看在下與楚家公子孰優孰劣。」

說著，他伸手掀開珠簾，四套潔白美麗的衣裳出現在面前。四套服飾設計依舊承襲著雪家以往的風格，上頭的刺繡和大廳屏風上的織繡大致相同。

看來這雪家公子也是傲氣之人，自覺他人模仿不來，才膽敢這樣讓我觀看。

「很漂亮。」我讚嘆一聲，然後接著說道：「不過沒有什麼創意。」

聽完我說的話，雪無雙的表情像是活活吞了一顆生雞蛋。我才不管他的反應，繼續將話說下去。

「所以說，傳統世家總是脫不了窠臼。瞧楚家可是年年有新意。你這東西跟下頭大廳擺的物事不是差不多？只是繡得再細緻點，花樣繁複了點，就以為可以叫做新作？美則美矣，可第一個創造出來的人是創新，第二個人就是剽竊。既然身為後生小輩，該做的應該是要將雪家的繡閣發揚光大，而不是這樣因循苟且。」

說著說著老太太我忍不住殷殷教誨起來。人老了就是這樣，話特別多，看到這些後生小輩的不適態度，就忍不住想要教訓一番。

「姑娘所言差矣，這一直是我雪家的象徵。」

「好，那我問你，這織繡的白鶴代表的是什麼意思？」

「代表我雪家玉潔清高的風骨。」

「就說你們這些後生小輩沒腦袋。在商言商，有哪個商人是玉潔清高的？再來，你們雪家一套衣服的定價是多少？就老太太我所知，雪家所製服飾多半售給大富之家以及進貢給大榮皇室。的確，距離美會讓人對雪家萬般景仰，但卻無法知道一般市井小民的需求。」

所以老太太我才會沒事出門就要發金豆子，跟小市民們套交情……況且我有六個兒子在賺錢，灑一點也無妨！

「不過以一個晚輩來說，你做的算不錯了。」我笑咪咪的拍拍他的肩膀，和善的鼓舞他。看來這雪無雙稍嫌嫩了點，還比不上我家楚殷，這麼一來我暫時是用不著擔心。

記得當初楚殷立志要從商開繡閣時，我振振有詞的告訴他，要當就要當天下第一。

於是我送給他一句話——

無商不奸。

就一個「奸」字來說，雪無雙弱多了。

我家楚殷懂得攏絡人心，削價競爭，奪人客源，斷人貨源，三不五時還要報一下自家後臺。

「你知道我大哥是丞相吧？」

「你知道我二哥是將軍吧？」

「你應該明白海幫私底下的勢力有多大吧？」

所以說嘛！無商不奸！

而且我家楚殷從小就有著奸商的本能。在他還小時，有一次我發現他打破了楚瑜最愛的玉盤，偷偷藏在楚軍的房內，害楚軍被罰扛千斤頂站在湖邊整整三個月，他卻毫無罪惡感的當下，我就了解這孩子的天賦。

既然確定沒什麼問題了，我便打算離開。

「姑娘！請留步！」

姑娘這個詞彙對老太太我我很是受用，於是我停下來多看他兩眼。

雪無雙依舊站在原地未動，但臉上少了一分倔傲，眼中透出一種奇異的溫柔。

「敢問芳名。」

哦？很久沒人問老太太我的名字了，說出來連自己都感到有點生疏。

「瀅瀅，楚瀅瀅。」

兩週之後，聽說雪家不戰而敗，退出時裝節，沒有人知道原因。

＊　＊　＊

「聽說今天城南雪公子來了，是何事上門求見？」楚明接見客人那時，我正忙著替一隻從樹上掉下來的鴿子找東西吃，沒空到大廳去看看怎麼回事。

「沒什麼，一些無聊事情。」楚明聳聳肩，打發我。然後轉過頭吩咐郝伯，要僕役去門前把雪無雙帶來的垃圾清理走。

雪無雙帶著垃圾上我家做什麼？

「不過雪公子還真是來去匆匆。」

「沒什麼重要事情，他只是上門來喝杯茶罷了。」楚殷笑笑的回答我，端過一杯茶遞到老太太我脣邊，不知道是不是老太太我眼花，那拳頭骨節上有著瘀紅，似乎是用力揍人以後才會留下的印記。

「這樣啊！下次記得留人家吃晚飯，這樣才是我楚家的待客之道……」

第七章

天涼好個……冷颼颼……

入秋時節，天涼起風，但是我楚府內就有些涼過了頭，讓老太太我哀聲嘆氣。

原因無他，就是因為最近宮內休假，神官們都放起長假，我家小五楚風他這個國師自然也回到家中來度假。

小五的來歷非同一般，小五的娘親本姓慕容，是隔州北蒼國的巫卜世家出身。傳說慕容家的人個個生來就有異於常人的能力，楚風的娘更是其中佼佼者，聽說能聽見常人所不能聽見的聲音，能看到常人看不見的事物，被北蒼國奉若國寶。

這樣了不起的女子，卻不知到哪根筋被楚瑜電到，當年大榮國與北蒼國交戰之際，突然自己跑到千里之外的陣前向楚瑜求親，要求楚瑜娶她，如果楚瑜答應，她便會想辦法解決這場戰爭。

在大戰時跑到敵軍陣前求親，真不是一般女子做得來。不過，入虎穴自然得虎子，楚瑜無可奈何，又恰巧當時妻子已亡，於是點頭答應了這場莫名的求親。

楚風的娘一得到楚瑜的首肯，立刻快馬加鞭回到北蒼國王宮，沒有人知道那晚她跟北蒼國國君說了什麼，聽說北蒼國國君在她離開之後，便把雪玉做成的王座扶手一劍劈斷。

那場戰役也平安的結束了，楚風的娘隨楚瑜回到大榮國，隔年就生下楚風。

老太太我還沒嫁楚瑜時就聽過這故事，當時聽得兩眼放光、鼻孔撐大。

說到底，這一樁親事有一半是強娶強賣，卻仍是成功了。在這裡我得到一個啟示，用什麼手法成親不重要，重要的是達到目的就好。以此為鑑，我也成功的逼迫楚瑜娶了我，訂親之後我笑嘻嘻的告訴楚瑜這件事，當時楚瑜的臉孔扭曲了好一會，轉頭朝郝伯看去。

「以後別亂說床前故事給她聽。」

楚風她娘嫁進楚府之後，神奇的事情仍然是一件接著一件發生，讓府內眾人嘖嘖稱奇。聽說她本人冷若冰霜，一個眼神就讓整個楚府內的溫度下降一半。夏天時眾人樂得歡喜，冬天時冷得柴火加倍。

可惜這樣神奇的女子似乎也沒逃過楚瑜身上的魔咒，生下楚風三個月後，正值隆冬，她因為太靠近炭盆渾身引發高溫，瞬間熱衰竭導致多重器官衰竭而死。這就怪了，老太太我在冬天時常靠著炭盆，最多就是把衣袖燒了個洞，也沒見我衰竭，也許可能對方是個冰美人，一靠近炭盆就會融化了吧。

咳咳！言歸正傳，正因為小五這孩子自小就能看到人不見之物，眼神直勾勾向人背後望去，問他看見什麼，他只是冷笑一聲就走開，所以造成每次老太太我面對小五時總不寒而慄。

老太太我生平最怕那些看不見的東西。尤其是那陣子，不知道是哪個缺德的人，往我房中放進了一大堆靈異故事書刊，又因為人很犯賤，所以老太太我總禁不住誘惑還是拿起來閱讀，搞得那陣子老太太我草木皆兵。

「娘，您在想什麼？」

冷不防的一句話差點讓老太太我灑了手中的茶水，這才想起現在正在涼亭賞花，秋季落葉，桂花飄香。因為小五一早來請安，而老太太我沒話可說只好隨口一句我們去賞花吧，於是就變成現在我們兩人乾坐在這裡。

「呃呵呵！娘想著春去秋來，這院子裡的花木也都越發的大了。」

「花開花落，明年那棵金曦木就要被雷劈死。」

小五這孩子高人啊高人，說的話有一半為娘的都聽不懂……

「娘的意思是，花木都大了，你們也長大了，想著不孝有三，無後為大，娘就不禁悲從中來，無顏去見你們地下的爹……」

「如果娘想要見爹，風兒今晚就能讓爹娘相見。」

「……」就說不是這個意思……

第一次見到小五也是在這個季節，那時正因為處理婚事忙得焦頭爛額。楚瑜那傢伙太忙了，又當丞相又當將軍，他的工作量大到讓人難以想像，雖然拋下一句要娶我的話，但這整件婚事從籌劃到下聘到禮成都是我一手包辦，在當時惹起不小非議。

結果不知道為何，城內的婦女們居然一面倒的支持我的行動，說什麼女子也有主動權，因此引起了一場大騷動。在我成親的隔年，花錦城內的生育率下降了三分之一，全是因為前一年花錦城的已婚女子為了表達對我的支持，而不許自己的丈夫與自己同床，這可說是花錦城婦女運動的先驅。

那時我正忙著觀察園子中的布置，就見到遠遠有抹身影立在園中。因為楚風自從娘親死後就被送回慕容家修業，我始終沒有機會見上他一面，不過他跟楚瑜始終依舊保持著書信往來，不曾間斷。

楚風很美，承襲了他母親的美貌和冷若冰霜的氣質。雪白的肌膚和墨玉般的黑髮，讓他看起來像是西方傳說中走出來的公主。

我想說總是未來兒子，客客氣氣想上前招呼，卻見楚風乍然轉過身來。

「妖孽。」

拋下一句話後，他人就不見了。

那天晚上老太太我照了一晚的鏡子，懷疑他是不是在我背後看見什麼。

楚風始終跟我保持著一種不冷不熱的態度，不像其他的兒子會憤怒、會不屑、會撒嬌，可是楚風卻沒有這些情緒，他太冷漠，像個冰模子刻出來的孩子。就不知道如果楚風的娘跟他一樣，那楚瑜是怎麼抱著一塊冰塊還能生出兒子？

這問題我問楚瑜，他笑得前俯後仰，揉揉我的頭說等成親的時候告訴我。我點頭應允，期待我們的小祕密。

可是楚瑜卻於大婚當日出陣，我只能在新房內等著。這一等，就等了三個月，傳來的是他的死訊。

因為掉落谷中，找不到楚瑜的屍骨，我們只能替他蓋一座衣冠塚。

楚瑜的喪期間，慕容家的人找上門來，說是既然楚家無長輩了，那麼楚風也不必留在楚家，應回慕容家當家，在靈堂上拉拉扯扯的，我第一次看見楚風那冰渣子般的臉龐出現裂痕。

一個孩子死了爹爹，沒人去注意他的悲傷，卻急著重新安排他的利用價值。

有沒有人問他難不難過？有沒有人問他傷不傷心？人是看透，不是看破，沒有什麼人可以清心寡欲到無心可傷，除非已經沉寂在墳墓內。

「誰要把這孩子帶出楚府一步，就得先問過我手上的刀。」我氣憤難平，從武器庫中拖出那把傳說足足有八十一斤重的銀谷龍皇刀，平時連拿個桃子都嫌重的我，不知道當時哪來的天助神力，連慕容府的人都看呆了。

那把刀，以前只有楚瑜提得起，說是刀有靈，靈刀認主。

雖然我拿不起來刀，可是我還是拖著刀擋到了門口，刀刃在地上劃出長長的痕跡。

「他爹雖死了，但婚禮成了，現在我就是他的娘親，我說不許帶這孩子走，就不許帶這孩子走，從今天開始，我就是楚府的當家。」

一口氣說完這段話，我臉不紅氣不喘，只覺得渾身熱血沸騰。

楚瑜，你就算走了，我也要替你把這個家守住，因為你曾經告訴過我——

「瀅瀅，以後我們就是一家人。妳知道，一家人是永遠不分開。」

我一把將刀插入地面，月光在銀白色的刀身上面流淌，反射出一室銀光。朦朧光線中，我看見楚風的臉色變了，慕容家的人表情也變了。圍在楚府外的人們似乎也因為我的一番話為之動容，呼聲震天，要慕容家的人滾出花錦城，滾出大榮國。

慕容家的人灰頭土臉敗興而歸。

楚風有三中五誡，不碰葷不碰酒不碰女色，那天晚上我不顧慕容家什麼鬼訓誡，把私釀的忍冬花酒拿出來，硬是灌了他兩杯。他沒有碰過酒，酒量淺薄，臉上立刻暈紅一片。

老太太我年輕就不喜歡冷，但那天我不顧一切抱住那孩子，不管他的掙扎，死死摟在胸口。娘抱兒子，天經地義，管他娘的戒女色？

「從今天開始，我是你娘。只要有娘在，誰也沒辦法逼你做你不想做的事情。」所以不要把自己藏起來。這孩子壓抑太久了，他已經忘了要如何表達自己的情緒。

楚風那時哭了，我不確定他是不是真的哭了，又或者只是在我懷中發出低低的碎語，也許他是醉了。

然後我也醉了，就這樣摟著他睡著。

隔天起來，天已經大亮，躺在床上的我，瞇眼看出去，楚風正站在窗前，陽光像要穿透他白皙的肌膚閃閃發光。

「娘，您醒了？」

於是楚風第一次開口喊我娘，驀然我覺得心窩一暖，原來這就是家人。

「嗯。」

接著楚風拋下一句讓老太太我困惑至今的話語。

「爹太幸運了。」

然後楚風自願入宮，十三歲成為神官，十四歲成為國師，一年工作的時間不超過三個月，但他領的俸祿，咳咳，不是我要說，楚明領的都沒他多……

所以說，這年頭搞怪力亂神的賺得更多。

想起回憶，我就忍不住瞇眼笑起來。

「娘在笑什麼？」

「沒什麼，娘只是想到你以前小小的樣子多可愛。」

通常兒子聽娘親講起以前的糗事，總是會臉紅害羞不已才對，但我家楚風只是眉頭一挑。

「原來如此。娘剛剛一直盯著風兒的右肩看著，風兒還以為娘您看到了什麼？」

「小風……你說看到了什麼？」不會是看不到的東西吧……

「娘不是甚討厭這些話題？難得會主動提起。前幾天西宮鬧鬼，我前去除靈剛好遇到婉夫人，婉夫人要求說要來楚家的院子走走看看。這個休假日就是國君特地賜予的，要臣帶著婉夫人來楚家。」

驀的老太太我背脊感到涼颼颼，這婉夫人不就是當今大榮國國君的外婆？早死了二十年有餘，她現在在這裡，在楚家的院子裡……在我剛剛看著的地方……

咚一聲我直接暈了過去。

收回前言，這孩子仍然是讓人摸不透，腦袋瓜子在想些什麼事情還是讓人難以預測，就說老太太我討厭冷天氣……

＊　＊　＊

「娘，娘醒醒啊！」

淺淺的藥香伴隨著軟糯的呼喚，我一睜開眼，就看見老么楚翊那張可愛俊俏的小臉蛋。

我家楚翊年過十六，還是古靈精怪的。小時候帶著他走在路上就有相命仙一見到他便連連稱讚，稱其子天生聰明，天賦異稟，可以看到有道靈光從他的天靈蓋噴薄而出，肯定將來能成為人中龍鳳……拉里拉雜的說了一堆。世人說鳳毛麟角稀奇，這哪有什麼稀奇？楚家人就是龍鳳太多……

少年般嬌小的身高，娃娃臉的長相，脣紅齒白的模樣讓不少人以為他是女扮男裝，進而想要調戲他一番。有鑑於此，楚瑜就特別嚴格的訓練他，因此楚翊這孩子的功夫在家中只排名在楚軍之下。

好歹人家楚軍怎麼說也是名大將軍，總得把第一名的位子讓給他。

楚翊這孩子也是我最疼愛的，不只是他年紀小，而是他貼心得很。

「小翊，怎麼回來了？」現在他應該在藥堂忙碌才是。

楚翊一聽我的話後，眼眶立刻紅起來，活像隻小兔兒般可憐，直讓人想用力摟在懷中安慰。

「翊兒聽說娘昏倒了，急忙趕回來看看娘有無大礙。」

哦！真有孝心！這孩子就是這點可愛。

「順便帶回鬼醫莫名替娘把把脈。」

下一句話就讓老太太我驚嚇不已，只差沒跳起來衝到門外奔跑五千公尺表示身體安泰。

江湖上盛傳，鬼醫莫名，毒皇其妙，兩人為同門師兄弟，合起來正好是莫名其妙。毒藥毒藥，其實毒也是藥，藥也是毒。他們兩人的先師不知哪根筋不對勁，在他們離開師門前要求一人從醫、一人從毒，說是怕師門兄弟為了爭奪醫界聖手之名而兄弟鬩牆。

眾人無言。

決定從醫或從毒的方法也很隨便，據說是比賽飛鏢射術就決定了徒弟的出路……

鬼醫莫名人如其名，行事非常莫名。一般大夫不管患者是否患上重症，都會溫聲安慰，而莫名非常有自己的個人風格，看病時不吭一聲，有時緊張的氣氛讓病患以為自己得了什麼不治之症，痛哭流涕之下才淡淡的說了一句——

「又沒生病讓我來幹嘛？」

要不然就是什麼話也不說，金針落下。有效，而且是神效，但是老太太我細皮嫩肉的，每扎一針就讓我痛得翻滾半天。扎完針後只能在楚翊懷中痛哭流涕，覺得老臉無光。楚翊這孩子就是貼心，總是哄著我說下次讓鬼醫輕一點，然後當晚會來老太太我的房間陪睡，替娘壓壓驚。

這孩子香香軟軟，抱起來也舒服。

但不知怎麼搞的，總之鬼醫莫名落針始終沒有變輕。

於是江湖上有了一個救人像在殺人的鬼醫莫名。

老太太我一直以此為鑑，務求讓孩子適性發展，否則孩子走錯了路子就回不來了……

「娘很好，娘沒事，用不著讓莫名針娘了……」真的，雖然被針完會得到很多福利，但老太太我就是不想被針……

「五哥竟然把娘嚇暈了，真是太過分了！娘，翊兒替妳去教訓五哥。」楚翊眨巴著眼好不天真的提出要求，可把老太太我嚇出一身冷汗。

我記得上回我們倆偷偷出外遊山玩水時，有幾個登徒子不知道哪根筋不對勁，把老太太我看成美貌無雙的姑娘，還把楚翊當成我的丫鬟，連連調戲，當時的楚翊也說了相似的一句話。

「娘，他們好過分，讓翊兒去教訓他們。」

雖然為娘的我秉持著愛的教育，但也深信鐵的紀律相當重要，一點頭，楚翊便笑咪咪走開了。不到半炷香的時間他就走了回來，衣袖上塵上都沒沾著。

「有沒有手下留情？」想來小翊不可能出手太重，看他那天真的神情、善良的個性，又是開藥堂的，肯定懸壺濟世，可能只是給了一拳或者一耳光教訓教訓罷了！

「當然了，娘！」楚翊眨巴著眼，夾塊羊肉放在老太太我碗內。

「這兒的羊肉新鮮，毫無腥羶味，娘嚐嚐。」

當我們吃過飯步出酒樓，酒樓前意外的多了十幾個大甕，裡頭都塞了個人。那些人被剃光了頭髮，頭皮上寫著我是大淫蟲，那筆法有幾分像是我家楚翊的。

「那字真像是你寫的，小翊。」

小翊的字是我握著他的手一筆一畫教出來的。他小時候總說我如果不握著他的手，他就學不會寫字，可能是因為他太笨了。但是為娘的我絕對不會嫌棄自己的孩子。孩子笨點沒關係，娘很樂意握著你的手到天荒地老……

「娘可能錯認了吧！」

「對了，方才那些壞人呢？」

「翊兒輕輕下手，只打斷了他們兩條腿、兩條胳膊，沒事的。」

喔喔！原來只是這樣。不過一個人有幾條腿、幾條胳膊啊？

老太太我還在思索這問題時，楚翊已經快步把我拉走，我突然發現那甕中被打碎整嘴牙齒慘叫的特別大聲那個人有點眼熟。

過了很久老太太我才想起那人是誰，忽然有點懊惱悔不當初。人之初，性本善，我當初就是怕小翊性格太溫和、太善良，擔心這孩子會被人欺負，於是給了他一句相當特別的座右銘。

「娘，妳這寫的是什麼？」

用金框裱起，龍飛鳳舞的四個大字。

「這是娘給你的座右銘，你要一生與它為伴！」

楚翊挑挑眉。

這動作似乎是遺傳，一家六個兒子都有這習慣。

「娘知道你一定看不懂，不過沒關係，娘解釋給你聽。這句話的意思呢，就是活著不如死了！小翊你這麼善良，將來一定會遇到很多壞人。這壞人太壞了。要對付壞人就是要讓他們活著受罪，讓他們懺悔自己的罪孽，每天都活在地獄裡，喔呵呵呵……」

「娘……您的尾巴跑出來了……」

「真的嗎？嗯？咳！娘又不是狐狸精，哪會有尾巴！」

「對不起，是小翊看錯了。」

「同時這句話也是娘對你期許。你以後要做的是大生意，開啟懸壺濟世的藥堂。你四哥已經是奸商，所以你不可以再當奸商，要為楚家爭得一個好名聲。」

「娘……您能不能白話點？」

「意思就是說，我們人活到一個階段，錢已經不是最重要的，重要的是人生的意義。這人生的意義很廣泛。既然你做起了藥堂生意，最重要的目標是讓普通的百姓人人有醫療。」

「翊兒懂了，翊兒一定會追求人生的意義。」

「但是我們也不能做虧本生意啊。你要知道，當隻米蟲是只有老人家才有的資格，你年紀這麼輕，自然要自食其力。那麼為了要讓人人有醫療，首先最重要的事情就是你必須收進大量的大夫，接著你要讓大夫替病患開些藥效緩慢的藥物。所謂病來如山倒，病去如抽絲，這絲你就要抽得特慢。」

「為什麼要抽得特慢？」

「抽得特慢，才會讓病人覺得生不如死，但是這時候我們就要告訴病人好死不如賴活著，然後介紹他我們藥堂裡的百兩人參，肯定能為他大補元氣，一而再、再而三的讓病人回流，懂嗎？」同時對他們剝皮拆骨，賺進銀子。

楚翊眼神晶晶亮亮，用力的點頭。

他成功的經營起了藥堂生意，甚至毒藥合流，一手賣毒給殺手們，一手賣解藥給中毒的大俠，這讓老太太我很滿意。

「生不如死」那句裱了金框的四個大字，也取代了懸壺濟世等平常用語，掛在人潮洶湧的藥堂正門。

只是他似乎學得太好了……讓我這個做娘的擔心這孩子會不會把這句話實踐在自己的兄長身上……

「不讓鬼醫針一下嗎？可是娘都暈了。」楚翊湊上臉來，拿出懷中的帕子細細揩過我額頭，替我擦去薄汗。

「沒事沒事，娘做小姑娘的時候也常常被要求要嬌弱一點。女孩子要嬌弱才有人疼……」

「不然我來陪娘一起睡午覺。」小翊露出可愛的笑臉，提出讓老太太我無法拒絕的要求。

哪家的兒子長到十六歲還能像我家翊兒這麼可愛貼心？

「小翊，大哥剛剛在找你。」

一句冷淡的話語打斷了我母子倆的溫馨時光，抬首看過去，正好見到楚風去而復返，他手上捧著一個雪玉青花盅，一臉平靜。說罷他又加上一句：「要你馬上過去。」

楚翊轉過頭與楚風對視一眼，那一眼之中，總讓老太太我覺得有幾分暗潮洶湧，但楚翊回過頭來又是滿臉甜蜜。

「肯定是大哥要跟我談論商借他國藥草的事情。娘，翊兒最近真的好累……」

聽聽！這句話怎能不讓做娘的心疼。想著我就一把摟住了他，順勢在他的額上落下一吻。

「你長大了，你大哥才會這麼看重你。趕快去吧！」

楚翊順從的離開了，只剩下我跟楚風，瞬間房內溫度下降兩度，就說這天氣正好，再降溫就太冷了……

「娘太寵六弟了。」楚風淡淡說著，把青瓷盅擱在几上，替我舀出一碗珍珠八寶粥。

看著他盛食的動作，為娘的我實在吃不下去。平時國師的工作就是供奉和祭祀，會讓他親手端食物的對象不是已經死了就是沒有活過，為娘的我還想健健康康活到百歲。

「娘是娘，可不是殿上的神靈。」楚風說著，坐到床邊，從碗裡舀起一匙粥。

「這種小事情，讓丫鬟做就好了。夏荷她們去哪了？」

「親侍娘親，是為人子女應該做的。」
討厭！楚風這孩子就是玲瓏剔透，把人的心思都猜個正著。
雖然是這麼想，但有美兒伺候身邊，總是一種福氣。
「秋末總是容易引來流魂，雖然在府內外都有布下防備，娘自己還是要稍微注意一下。」
「咳咳咳咳……」就是這一點不可愛……
「娘比較喜歡六弟那樣子？」
這孩子又偷聽別人心事？
「娘說得那麼大聲，我實在不是故意的。」
沒錯！我家風兒還有項特殊能力！不知道從什麼時候起，也許在他還很小很小時，他就能聽見別人的心聲。
「不是跟你說沒事不要亂聽……」怕他這個能力會惹來麻煩，所以我一直要求楚風不可以隨意使用，以免被人發現。

楚風淺淺一笑。

「娘從以前就很怕這些看不見的東西。」

這是真的，但老太太我卻有那麼一次，毫不畏懼的挺身抵抗。

第八章

那時楚瑜剛死，因為國君感念楚瑜為國捐軀，誥封楚家新夫人我為賢麗上品夫人，持有令牌自由入宮，見到妃嬪不需行禮。

那時老太太我才年方十六，整個楚家的大擔子就落在甫進門的我頭上。

楚瑜死前正談著一筆生意，穿越北方的滄藍山，闢開一條通往西方的路。楚瑜認為，大榮國內無礦藏、外無地險，沒有任何的優勢可言，但地勢居中有利可圖，從北方開闢一條通往西方的道路，交通的便捷能讓大榮國成為三大國之間的樞紐地帶，來往西方的商人可以為大榮國帶來財富，人潮的頻繁往來可以促進文化交流。

這場戰役，其實也是為了與鄰國北蒼國爭奪滄藍山的山險。結果山路開了，楚瑜卻再也沒有回來。

聽說滄藍山中，光是瘴氣、沼氣就足以讓人無法通行，更何況傳說中還有山精鬼魅潛伏。為了實現楚瑜的遺願，年方十六的楚明不顧眾人反對，帶著楚風一同前往滄藍山，要親自拓開山路。

但滄藍山果然有古怪，大隊人馬失聯於山中，連有著靈異體質的楚風也都一同失蹤了。

接到兩人失蹤的消息，我雷厲風行的拿到了國君發下的許可證，然後不眠不休的趕到邊境，著手鏟平山林。

沿途鄉村父老跪了一地，苦苦勸告，說這山中有靈，冒犯不得。

那時的我如同發狂的母獅，只想救回自己失蹤的孩子，對於所有勸告的人，我都置若罔聞。

「砍！統統給我砍！找不到我兒子，就把這座山鏟平了！」

山中百獸哀鳴，紛紛走避。參天古木紛紛倒下，陽光透了進來，原本陰暗不見天日的所在光明大作，迷宮不攻自破。

那成為瘋狂的舉動被記載在大榮國的歷史中，連史官都搖頭嘆息。

「我楚家什麼都沒有，就是錢很多，找到我兒子們的人，黃金百兩。」

重賞之下勇夫紛紛而來。那時就謠傳這麼一句話——

如果有閻羅王，怕都被楚家那夫人拿錢賄賂什了。

天知道我怕得要命，穿著金袈裟，戴著避邪玉珮，頭上綁著不知名的法器，各路避邪用具都到齊，指揮眾人找尋。

「發現公子了！」

三天後，終於有人發現了他們兄弟倆。楚明因為體力用盡而動彈不得。楚風則因為天生身體質特殊，現下意識昏迷的他正好是流魂的珍饈。

一見楚風昏迷不醒的模樣，我不由得怒從心起。

「鬼怪統統給我走開，這是我兒子！」我拿著一把據說是大師施過法的法器往空中胡打一番，直到力氣耗盡，這才緊緊抱住他們。

「沒事，你們不會有事，娘來了！」

楚瑜，我記得你的話，我死都要守著這個家。

「瀅瀅，從今天開始，我們就是一家人。一家人，是不分開的。」

那之後我昏睡了五天，再醒來時六個兒子都圍在床邊，楚翊早已哭得雙眼通紅，我只能弱弱的訓誡他一句男兒有淚不輕彈。

我看著默然站在一旁的楚明，朝他招招手。他依言走得近些。

「靠近一點。」這距離還不夠。

我掄起巴掌，不偏不倚的給了楚明一個響亮的耳光。

我想，自生下來那天開始楚明都沒有被誰打過，甚至是楚瑜活著的時候也不曾對這孩子如此嚴厲，如今卻被我狠狠一巴掌。

剛甦醒的我氣虛體弱，被打的人大概也不怎麼疼，反而我自己的手心隱隱發痛。

「知道為什麼打你嗎？」

這一巴掌，不是要打痛你的臉，而是要打醒你那無謂的自尊心，和危險厲害看不清楚的眼。

「你不該讓自己的弟弟陷入這樣的危險，明知山有虎，偏向虎山行。」

「我不知道你怎麼想的，但今天我是你娘，楚瑜走了，還有我。只要我還在，這家人的安危就永遠是我的第一考量。你是老大，你能任性的機會比別人少。我不介意你耍性子，但不能拿自己或別人的生命開玩笑。」

我掙開楚翊的手，握住楚明的掌心，深深看入那雙與楚瑜相似的眼眸。

光就這麼一雙眼，教我如何能捨下？

你們是楚瑜，留給我最後的寶物了。

「不過我們是一家人，回來就好。」

＊　＊　＊

宮女簇擁著兩人在御花園內散步。一個是號稱王宮內最位高權重的女人，一個是號稱宮外最德高望重的女人，不巧其中一個人就是老太太我……

「瀅瀅？怎麼愁眉不展的？」

這宮裡宮外，能隨意喊我名字的人還是真不多，大榮國的鳳仙太后就是其中一人。

鳳仙太后是先王的王后，是鳳陽國的王女。鳳陽國女人性剽悍，據說娶了鳳仙太后以後，先王連碰都不敢碰其他的妃嬪了。

鳳陽國女子非常好認，額頭上都有一朵鳳陽花的標記，特別的豔麗，連髮色都是紅的。她嫁給先王的時候不過十四歲，先皇卻已三十四歲了。

嘖嘖！摧殘嫩芽這種事情先王還真敢做。

可是一生風流的先王卻栽在這小女孩手中。她十六歲誕下當今太子，後宮獨寵十四年。

只可惜夫妻情短，太子十四歲喪父登基，算算太后也不過二十歲，正是明豔美麗的時候。

當時我與楚瑜的婚禮由她主持，是我名義上的長輩。在她面前，老太太我真是應驗了一句話，不管幾歲，母親看女兒總是女兒，雖然我已經有六個兒子了，但太后還把我當閨女看待。後來因為楚瑜的噩耗，太后簡直真把我當親生女兒疼了。

不過先王駕崩時，太后看起來與平時無異，並沒有像我聽見楚瑜過世那般傷心欲絕，我不解的問了幾句，她這麼答道——

「有什麼好傷心的呢。黃泉之下還會再相會。況且我在喪禮時警告過他了，要他在黃泉下面好生給我等著，如果膽敢拈三惹七，等我做鬼他就知道。」

「他就知道什麼？」

「他下輩子投胎就只能當女人了。」

同時，她的手做成剪刀狀，還附帶了喀嚓的動作。

我不明所以，看看腿間，還是不甚了解。

好個悍太后，連死人都不放過。但是我異常喜歡她，能活得這麼瀟灑自在實屬不容易，也難怪養出一個這麼為愛而生的太子。

「唉……不就是那六個兒子……」

「楚家兒子個個優秀，妳擔心什麼？」鳳仙太后偏過頭，讓人把一朵碗口大的牡丹花剪下，浸血般的紅，連葉脈都有著絲絲殷紅。

「瀅瀅，這朵配妳正好。」

不知道太后為什麼總把我一個老太太當洋娃娃隨意玩弄，但我終究不能反抗，因為她是太后啊……

「就是太優秀了，太專注在自己的事業上，完全忘了成家立業的重要。太后瞧瞧，最大的兒子二十有二，最小的也十六了，身邊卻沒半個紅顏知己，別人孫子都滿街跑了，老太太我身邊卻只有六個兒子……」

看看現在的大榮國國君，娶了那個女刺客之後一個接著一個生。

他們兩個是對歡喜冤家，女刺客王后每隔一陣子就會想起國仇家恨準備跳樓跳河，大榮國國君就會惱怒的噴著口水大喊——

「妳的人是我的，妳的心是我的，妳的命也是我的，不許妳去死！」

然後搶上前一把抱住佳人。刺客王后抵死不從奮力掙扎，國君便冷著臉把人捉到寢宮內。聽說寢宮裡面吵得是驚天動地，大概是拿刀子互相火拚，但是過一晚之後的隔年就會生個孩子，讓老太太我好生羨慕。

「原來如此，妳是擔心楚家無後是吧？」鳳仙太后很是溫柔的發問。

「對……」

「想嫁給楚家公子可是全城閨女的夢想，只要妳一聲令下，媒人應該就會踏破楚家門檻了。媒妁之言、父母之令豈敢不從？若是不從，在飯菜內下把藥，醒了就生米煮成熟飯了，妳再帶人前去捉姦，妳兒子膽敢不娶？」

鳳仙太后果然是我輩傑出的強勢女性……

「可是我覺得身為長輩，應該要順應時代潮流，讓他們自由戀愛，門當戶對的政治婚姻實在是太悲哀。其實對我來說，最重要的是他們的心意。我覺得現在最大的問題是他們接觸女孩子的機會太少了。」

一定是因為太忙於工作，沒有機會認識異性。沒有時間相處就不可能會喜歡。不互相喜歡的話，我的孫子要怎麼生出來？

鳳仙太后抿抿唇，不置可否。

「所以應該要為他們製造點機會……」但又不知道該怎樣才能有機會讓他們跟城中閨女們面對面近距離接觸，老太太我煩惱啊……

「哎呀！哀家正好想到有個機會。」鳳仙太后一拍手，恍然大悟狀。

「什麼機會？」

「記得下個月花錦城內有一年一度的慈善拍賣大會嗎？」

哦？是那個每年讓花錦城內的富豪自由捐出家裡物品，讓眾人競標，所得全都納入大榮國的慈善公益上的拍賣大會嗎？雖然老太太我覺得那一丁點兒錢我讓庫房隨便撥撥都有，但套句慈善口號，重要的是心意，不是錢……

「妳不如也捐個東西吧！」

「這有什麼難！」

年年我都提供拍賣品。樂善好施是楚家的行事作風。但每年楚家拿出的物品，拍賣場都不敢收，說是太貴重，拿出去也沒人能標得起。

有一回提供了個鏤金紅玉湘石簍，被什麼遊走全大陸的鑑定大師看見，嚷嚷著說那是北方之地才有的紅玉湘石，價抵萬金，此石只存在一座人力無法企及的山上，只能訓練鳥兒去拾回，然而飛到高山的鳥兒力量有限，能夠存滿這麼多顆還鑲成一個簍簡直價值連城。

瞧他誠惶誠恐的只差沒把那東西拿起來膜拜，拍賣場於是勉強收下。但老太太我卻只記得自己其實不過就是捐了一個垃圾桶而已。

不過悲慘的還在後面，把那簍子標走的人，一年丟官兩年破產，最後沒辦法又把東西賣回了楚家，痛哭流涕要我楚家收下，老太太我無奈，只好花錢把垃圾桶買回來。

自此之後老太太我了解東西不可以亂捐。而拍賣場怎麼樣也不願意再收楚家的拍賣物。

「今年妳可以捐點不一樣的東西，保證全城轟動，連妳兒子們的婚姻大事都能迎刃而解，一舉數得。」

太后俯下身，環珮叮噹作響，香風陣陣，微笑中透著幾分奸詐。

「連兒子的婚姻大事都能解決？」

不愧是太后，果然薑是老的辣，我煩惱了這麼久時間，太后她半天就得到了答案。長輩的長輩真不是蓋的，老太太我連忙洗耳恭聽。

「對！只要瀅瀅妳照著哀家說的話去做……」

「嗄？這樣好嗎……」

「聽我的。嗯？我都有這麼多孫子了。妳也想要抱孫子對吧？」

「是……那我還要怎麼做？什麼？這樣嗎？然後我要說什麼……」

＊＊＊

今年花錦城的慈善拍賣大會，依舊熱鬧滾滾，只是往年都是有錢的老爺太太們來競標，今兒個卻擠進了許多年輕女子，香氣芬馥，吱吱喳喳，臉上帶著莫名的期待。

只為了太后一道密旨。

「閨女們，想跟夢中情人來一次親密接觸嗎？」

下頭附上了慈善拍賣大會的入場地圖。

蘭葉坊，此次花錦城慈善拍賣大會的地點，已裝飾了無數的絲帶。透過挑高的天井以及兩層樓高的拍賣臺，購買者坐在二、三樓均可觀看。三樓是保留給特別的貴客，故以輕紗覆蓋，給予隱私。整場拍賣會從開始至結束都會提供連綿不斷的茶水和酒席，號稱是大滎國近來最大的盛宴。

楚家六個公子一字排開坐在欄杆邊，雖然三樓外頭覆蓋著輕紗，但楚家公子們並排出現早已讓拍賣場中的閨女們心跳不已。

「你們開心一點嘛，難得娘可以跟你們一同出席。」

「能跟娘一同出席，我們當然很高興。」不愧是大哥，楚明代表大家發言。

看著坐成一排的六個美兒子，我這老太太心中就有一種說不出的滿足感。

「娘，坐這兒。」楚明指了指鋪著特製軟墊的位置，讓我上座。

我呵呵一笑。因為今天要出席的場合較為特別，香鈴她們替我別上一條七海珍珠鍊，垂盪腰間。聽說這是花錦城的最新流行，可以強調出不盈一握的纖腰，但老太太我只覺得腰間沉得有點痛苦。

「真難得，今天可以看到楚明你這孩子穿便服。」

平常的楚明老是一身朝服，看得老太太我哀聲嘆氣。難得一穿便服，看起來很新鮮。領口滾邊的金色繡線，挺襯他的氣質，隱隱華貴，不怒而威；青冠束髮，俊朗無匹。

「娘可覺得好看？」

楚明彎過身，挑了幾顆蜜棗給我潤喉，甜杏沁鼻，正好一口大小。不過這靠得有點近，從這角度看過去，那眉眼竟然極似楚瑜的樣子。

好像死人復活！嘖嘖嘖！

「好看……」好看得娘有點不敢再看……

不過還真是不枉我賣盡老臉，兒子們終於願意全員出席。但最終還是要感謝太后傳授給我的招數。

「妳就這樣，一邊低頭玩弄自己的手指頭，一邊委委屈屈的說，年年都妳自己來慈善拍賣大會好不寂寞，真想有你們的陪伴……」

「這樣就會有用？」

「屢試不爽。」

老太太我心中懷疑，這種小女兒般的招數讓一個雞皮鶴髮的老女人來做會什麼有用，但畢竟是太后親自指導，於是我只能依樣畫葫蘆做了一次。

效果好得嚇死人，就連八風吹不動的楚風都答應現身會場，讓老太太我差點兒半夜做惡夢。

「娘這次有什麼想標下的東西嗎？」楚殷遞過這回捐贈品的本子，貼心的詢問。

「等等再看吧！」很忙，這會兒正在吃小翊拈來的貴妃醉雞翅。老太太我愛吃雞翅但痛恨骨頭，每次小翊總幫我剔骨才送過來，真是讓人樂呵呵。

這就是教育的重要，可不是每一家的娘親都可以養個貼心兒子。

「這回有什麼特別的捐贈品嗎？四弟？」楚軍不改風格，劍不離身，但處在這場合他的態度輕鬆多了，看起來年輕不少。

楚殷隨意翻了翻本子，聳聳肩。

「不過都是些便宜貨。」

忙著吃肉喝茶的老太太我瞥過本子一眼——起標三十八萬兩，是便宜了一點。

吃飽喝足，競標拍賣會也開始了，臺上的主持人很賣力的噴著口水。古人有云「舌燦蓮花」，老太太我覺得這句話用在主持人身上真是不假，這一場競標會下來他噴的口水都可以養一缸蓮花，你瞧他旁邊三尺內每個小廝都躲得遠遠的。

「好！青龍文香墨盤二十五萬兩。趙人爺出二十五萬兩，還有沒有人要出價？」

「好！金夫人出三十萬兩！三十萬兩一次。還有沒有人要出價？」

瞧他奮力嘶吼著，這真當是老太太我最愛看的一幕。

「娘今年沒有捐東西嗎？」楚殷一句話嗆得老太太我差點噴出茶來。

「喔？咳咳咳……」

「娘？怎麼嗆著了，喝慢點。」楚翊連忙幫我拍背順氣。

「謝謝，小翊，娘沒事。」直起身正好對上楚風這孩子的視線，忽然想起楚風的特殊能力，老太太我嚇出一身冷汗，希望他現在沒有在使用能力聽我心中的話語……

「娘有捐……」

「哦。捐了什麼？」

「秘密，等會兒就知道了……」兒啊！千萬不要恨娘，娘這麼做都是為你們好……

「終於到了最後高潮，想必各位都期待很久了。廢話不多說，我們讓下一樣競標品上臺！」

主持人一句話落，一名丫鬟提著一個沉重的三層盒子上臺。

臺下的人議論紛紛，不知道盒子裡面賣什麼藥？

「這裡面，有一份美味絕倫的午餐。」

嗄？午餐！

主持人一個抽屜一個抽屜的打開。第一格裡放的是涼菜，美味的海鮮涼拌，淋上醋漬醬汁；第二格裡是一隻燒鵝；第三格裡有著各式小點心，鹹香的香酥鴨盒子、薏仁雪蓮羹等等。

「各位各位！少安毋躁。要知道這不僅只是拍賣一份午餐而已，這更是楚家夫人的心意。接下來還有五份午餐出場，起標都是十萬兩。只要標下這幾份午餐，各位得到的不只是午餐，而將會有楚家公子陪伴妳一同享用這美味的食物！」

說到這裡，主持人的嗓音完全破音。而老太太我的頭已經快垂到地上。

「這一份午餐的陪伴人是——楚家ㄙ子，經營藥堂，清秀絕倫，微笑甜人心坎的楚家公子楚翊！」

六個兒子目光如劍射向我，逼得我不得不出來開記者會面對。

「對……娘……娘賣的是你們……」

兒子們齊心反娘親，老太太我幾分欲哭無淚。

下頭的競標仍然是熱熱鬧鬧的進行。

「十五萬兩！」

「二十萬兩！」

「三十萬兩！」

看來各家閨女都有有錢老爹支持，為了女兒未來的終身幸福，撒下大筆大筆金錢毫不手軟，

果然女兒是爹爹前世的債主……不，情人才對……但是這情人不僅要花錢，還要陪笑就是……

「五十萬兩！」

競標到達白熱化的地步，城南城北的閨女們對頭火拚了起來，竟是今日的最高價碼，而且不過就是一餐飯罷了。老太太我不由得有幾分得意，總算有一年楚家的捐贈品能搬上檯面了！

「娘？您說您把……我們賣了？」楚海露出溫和的笑容，指節發出輕微的喀克聲響。

「禁止家暴……」嗚嗚！太后沒提會有兒子弒親的危險啊！

「看來下一個人就是小五。」

楚明一句話，苗頭指向楚風。

不過楚風目前看來還是鎮定得很，只是臉色有點發白。

而楚翊則眼淚汪汪的匍匐到老太太我跟前哭道：「娘……您把翊兒賣了嗎？」

「這是為了小翊好……」

「小翊還小，好怕下頭那群女人……」說著，他淚光閃爍、臉泛暈紅，這種要哭不哭、強忍淚水的模樣比大哭更惹人心憐。

嗚嗚～好吧！那小翊就算了吧……不過要是每次都這樣心軟，那是要什麼時候才能抱到孫子？小翊怎麼說也一十有六，人家一般公了到了這個年紀至少也該定親，我家小翊連個屁都沒有……

愛之深責之切，有時候要把孩子推到懸崖邊才能讓他學會這世界的嚴酷。我含淚別開眼，拒絕了小翊的求情。

「現在就去命令主持人停止這場鬧劇。」果然是老大，丞相當久了很有官威，楚明指揮若定，要僕人去通知主持人。

「記得跟他說，要是不停止競標，明天他最好不要走在路上。」

楚海手上的茶杯啪的一聲碎開，老太太我嚇得抖了一抖，終於明白那些公堂之下的囚犯有多可憐，我養的大兒子怎麼凶成這樣，小海還落井下石……

「不許停！」威儀一句，香風陣陣。

「太后！」太后的出現簡直像是神仙降臨。顧不得老人家的尊嚴，我立刻眼一閉飛撲過去。

身穿金縷玉衣，額上鳳陽花的標記和冠冕一同閃閃發亮，不知何時鳳仙太后蒞臨，帶著大批人馬站在我們身後。

「兒女聽從爹娘的話乃是天經地義。今天你們楚家六子竟然讓瀅瀅擔心到出此下策，不知悔改檢討，甚至對她的決意如此忤逆，實為不孝！」鳳仙太后言之鑿鑿的訓誡起來。

「太后陛下，大榮國一向崇尚個人自由，不得隨意買賣嫁娶，這是王令所發，太后是知道的。」楚明語氣淡然，面對太后不卑不亢。

「誰讓你們娶誰了？你們娘不過是希望你們多認識些女孩子，擔憂你們不給她抱孫子，她哪有強迫你們娶哪家閨女來著？」鳳仙太后驚異的一挑勾畫細緻的眉，語氣疑惑。

「對！娘也沒讓你們真娶……」老太太我弱弱的插上一句，可是沒人注意我。

「況且這是大榮國一年一度的盛事。『為善不落人後』，這是楚瑜生前常說的話，想來你們都忘了？」鳳仙太后拿出已過世的楚瑜作為令箭。

「誰要競標本公子，明天就等著自家的鋪子被收購。」楚殷涼涼一句，坐回原位。

「我倒要看看誰敢吃下了藥的飯菜。」楚翊也瞬間變臉，方才善良可愛的模樣全然消失，眼淚蒸發的沒有一絲痕跡。

楚風、楚軍、楚海默不作聲，朝楚明那邊看了過去。

「當然，哀家早就想過你們會不從，所以讓瀅瀅簽了契約。」鳳仙太后笑咪咪的亮出一張黃綾懿旨，還蓋上了太后御印。

「娘，您簽了什麼？」楚明那句問話，好像從齒縫蹦出來的，嚇得我更往太后身上縮了縮。

「娘……娘只是想……如果你們都不聽話……這場競標就會流掉，我們楚家積善之家的聲名會掃地。為了維護楚家名譽，那……那只好替補楚家的人來做代表……」

契約上明言寫道，若是捐贈品不肯被拍賣，必須另外拿出同等價值的捐贈品出來拍賣，同等捐贈品名稱：楚瀅瀅。必須前往買家身邊待上三十日。

眾人看著那龍飛鳳舞的字跡，旁邊還蓋上了手印，這契約毫無疑問的生效。

「哀家聽說，城南的雪無雙公子頗為期待與瑩瑩共進午餐，是嗎？」鳳仙太后微笑的說著，雖然是在詢問我，但視線卻是看著楚明。

「雪公子？他還真是一個優秀的晚輩。」要是跟他吃飯也不錯……

「你們要想參與競標是不可能的，別忘了這競標場上的規矩。不得標回自家捐贈的物品，這是第一代慈善拍賣大會就立下的規矩，是希望讓更多人共襄盛舉。」

「雪公子人挺好的，如果妳被他標下，正好可以到城南玩玩，每日貼身相隨，用餐散步夜裡賞月……兩人花前月下……」

鳳仙太后的話被一聲恐怖的爆裂聲打斷，回頭一看發現楚軍身旁的茶几四分五裂，有一半變成粉末狀。

「楚大將軍，你說是要參加慈善拍賣大會，還是不參加呢？」

楚軍一聲不吭，憤然的走開。

「哀家看來他是『樂意』參加的了。」

老太太我歪著頭思索，楚軍這孩子什麼時候彆扭成這樣，明明樂意參與拍賣卻臭著一張臉像要把方圓十里內的人都大卸八塊似的？

「一百八十萬兩三次，成交！」

「看來競標結果出來了。」鳳仙太后晃了晃手上刺眼的懿旨提醒道。

楚翊終於心不甘情不願的往拍賣臺上移動，腿上彷彿有千斤豬肉。

「哦、對了。哀家在契約上還加上幾條但書，如果對方吃過午餐有任何不適或不悅，不管是身理上或心理上，視同違約，那契約依舊要生效。」

太后的話才說完，楚翊拐過轉角，只聽砰然巨響，僕人忙跑過去查看，一人高的青石屏風不知道被誰一掌打碎。

愣愣的看著太后滿意一笑，老太太我突然覺得有種說不出來的詭異。

「下一個該誰了？」

第九章

「太后……這樣會不會有點不好……」

太后駕臨自然非同凡響，被徵調到她身邊的我，連待遇也三級跳。不愧是王家風範，我的左後方有三個宮女，右有七個宮女，左右兩邊服侍人數這麼懸殊的原因只是因為老太太我說了一句右肩比較痠痛……

「瀅瀅，兒孫自有兒孫福。孩子長大了，妳總要放手。」

鳳仙太后閒閒的嗑起瓜子，然後再用瑩白細嫩的指尖拈起瓜子肉送到我唇邊，我乖乖張口吃下，四周抽氣聲四起，我們身邊的宮女卻是見怪不怪。

「但是這樣好像是在賣兒子……」雖然說只是陪人吃頓飯，但我怎麼覺得就是在賣兒子……

「瀅瀅！這不是賣兒子，這是為了大義。」

「什麼大義？」把兒子嫁掉的大義？

「為了造福全城百姓！妳想想，妳這六個兒子留在家中讓我花錦城內的閨女動不動就跳樓跳河，惹得哀家每日都要吩咐僕役天天清理事發現場。未免哪天真的弄出人命，哀家覺得妳切不能心軟。」

「真是抱歉……」這麼一說，老太太我似乎想起好像的確有這麼回事……原來我兒子們這麼浪費國家人力資源和公帑……

「哀家已經有個很會跳河的媳婦了，沒空再去打撈這麼多人。妳想想，若是省下這些費用，是不是能有更多的經費可以撥下各地，讓更多百姓過上好日子？」

「對……」

「再來。我大榮國一年一度的慈善拍賣之夜，以往妳都只能參與競標，今年妳卻可以提供拍賣品來讓人競標。要知道，能讓全國人們都可以共襄盛舉這是非常不容易，這樣的活動能使全國上下人民一心，國家才會有凝聚力，我大榮國才能強盛！」

「對……」但老太太我為啥都不知道捐個兒子吃午餐也能讓國家強盛的道理？不過太后年長，又是過來人，聽她的準沒錯。

「再來也是最重要的。不孝有三，無後為大。妳不是一直想要替楚家開枝散葉，好讓楚瑜在地下也安心嗎？」

太后這句話可真是撓到了老太太我的心坎處，這下子沒有話可反駁了。但看著拍賣臺上頭自己的兒子像塊豬肉一樣被人秤斤論兩的喊價，心中忍不住一陣陣的心疼。

遙想過去，他們把我捧在手心中呵疼，白天努力賺錢給老太太我花用，夜裡還要幫老太太我蓋被子，這麼疼娘的兒子哪裡找？

「楚海這孩子從小神經就特別纖細……」

現在拍賣臺上的拍賣品輪到了楚海，老太太我忍不住淚汪汪，要是他真的遇到真命天女跟他一起吃那條清蒸白龍魚和慢火三天熬出的魚骨拉麵怎麼辦？以後就沒有人替娘我剔魚刺了……

「太后……不然讓我有一點特權……競標一、兩個吧……」至少救回兩個兒子在身邊。

「瀅瀅！別傻了，不──行──」

我只好淚眼汪汪看下去，手上的帕子扭得都快擰出水，一旁的宮女忙拿個水盆放在我眼前。

「楚軍好像一臉要砍人的樣子……」

「不用怕，他頂多砍死別人也不會砍妳。」

「他砍死未來的媳婦怎麼辦？這孩子真的不適合被拍賣……」我一下忍不住撲倒在鳳仙太后身上，直想用眼淚替太后洗衣服，卻被太后輕輕鬆鬆一指戳開。太后有武功底子，手勁不弱。

「妳安靜，乖乖坐著。」

「不行啊！這樣花錦城今天會鬧出人命的！」這是母子連心，我有預感他一定會砍未來的媳婦……

正說著，楚軍的競標也結束了。楚明和楚風似乎被排在最後，而輪到本以為會作為壓軸的楚殷出場。

楚殷一出場，現場歡聲雷動。

「這位是花錦城最佳衣著品味標竿人物，花錦城閨女票選夢中情人第一名，花錦城閨女票選最想被他擁抱的優勝，寫真集再版次數最高，最佳奸商代言人，引領我國潮流的時尚教主……花錦城最優佳公子！」

我憐憫的看著主持人忙著唸出小殷一長串的頭銜，那卷軸都長到掉到了地上。想當初為了讓後世人明白楚殷這孩子有多優秀，我讓郝柏將那串得獎項目用蠅頭小楷仔細的寫在了族譜上，這可是花了三天三夜。此舉讓郝伯的視力在一個月內從看得見一公里外的蒼蠅變成了老花眼。

「從，一百萬兩起跳！」

好不容易唸完小殷的抬頭，主持人才喊出價碼，臺下立刻有人遞上水杯給他。他一口氣將水喝光，氣喘如牛，好像剛剛跑了十場馬拉松。

「一百五十萬兩。」

「三百萬兩！」

哦哦！敢情這些閨女們把爹的棺材本都拿出來跟夢中情人約會了？我嘖嘖稱奇還沒太久，就被楚殷瞥上來的眼神看得差點心碎。

楚殷這孩子從小就有雙面人的傾向，別人面前清秀可愛，他人後面嘴巴超壞……

「喂！妳！就是妳，村姑。」

第一回見到楚殷，他正懶洋洋的躺在廊前晒太陽，金色的陽光照在他臉上，度上了一層朦朧，這一幕後來被某個畫師盜用，繪製後引渡到南方的國家，被人當成神明膜拜。

從小到大還沒人這麼說過老太太我，狐狸精倒是聽得不少。

「妳的衣裳也太沒有品味了吧？」

據說楚殷的娘出身藝術世家，別人家的兒子是含著金湯匙出生，他們家族族人就含著金畫筆出生。我想像過幾回那個場景，百思不解，怎麼一枝長長的畫筆放在他娘的肚子裡不會把娘的肚皮撐破。

幸好這孩子不是我生的，不用擔心自己的肚皮會被筆戳破。

楚殷他娘浪漫不羈，優美高雅，一舉手、一投足都是一道美景。她與楚瑜是在燒香禮佛時遇上的。兩人算是一見鍾情，在當時傳為佳話。我對楚殷他娘頗有好感，因為郝伯那廝不時嘮叨我跟楚殷他娘花錢如流水的速度有過之而無不及。

自然，美人也有美麗死法。楚殷他這美麗的娘就是聞了一朵花之後引起全身性過敏，美麗的死去，死前面孔仍然紅潤，栩栩如生。

「長得還可以，怎麼打扮得像個村姑？」楚殷坐起身，招呼我過去。

我思忖半晌。雖然我是他未來的娘親，但現在畢竟不是，名不正言不順不能叫著小子閉嘴，只好走了過去。

走到一半驀然又被叫停。

「停。好，就停在那裡。」他眯了眯眼，突然掏出筆來。

這件事情到現在仍然讓老太太我百思不解，他的筆究竟藏在哪裡？最後最有可能的猜測那應該是他打娘胎帶來，自然可以如金箍棒收放自如。

那郝伯說什麼他不過是把筆放在椅子旁邊的凹槽內這種鬼話我才不信！

「很好，很好！」說著，他就在畫紙上揮灑起來，畫完一張又一張。

我把脖子伸長一瞧。乖乖！這話中的人都沒臉，只有一顆頭和衣服。

「請問你這是在畫我嗎？」第一次見人畫人不畫臉的。

「不是畫妳畫誰！閉嘴！村姑！」

其實我不是村姑，所以照道理來說我不用閉嘴，但我這人大人有大量，不跟小孩子計較。

楚殷就像著了魔，一張接著一張的畫。人家說靈感難尋，我看這孩子的靈感好像噴泉一樣，還是特大號那種，直畫到他筋疲力竭再也畫不動為止才終於停筆。

完成的畫作卻讓我驚嘆，不是常見的人物畫或者山水畫，反而更像是衣裳的設計圖，每一件都別出心裁，獨具匠心，光看畫面就能想像穿上時的模樣，會是每個女孩子衣箱內都想擁有一件的衣裳。

「妳幫我拿去燒了吧！」楚殷畫完圖後人反而萎靡起來，整個人縮在椅子上。

「為什麼？畫得很好呀。」怎麼可以埋沒未來兒子的天才？

「很好？我還是第一次聽別人這麼說。算了！那東西又沒有什麼用，大家期待的是看我畫人物、畫山水、畫魚鳥，反正只要畫那些東西，世人就會驚嘆連連，而畫這種東西，只會被人看不起。」

的確，楚殷在這之前，以花錦城第一畫師著稱，多少人捧著千金求他大老爺畫幅畫他都不肯。我倒是挺贊同他的這種作法，物以稀為貴，這樣畫得少少才能賺得多多。

「你不喜歡畫你平常畫的東西？」我乾脆在他前頭的欄杆坐下。

「不喜歡。」他聳聳肩，轉過頭。「村姑，妳擋到我的陽光了，麻煩移開妳的肥屁股。」

「你這孩子講話真難聽，跟人前不一樣。」

「妳知道什麼？反正大家都只看表面，做做樣子就好。」

雖然他是這麼說，表情卻顯露著迷惘。

「聽說楚府又要有一位新夫人，你沒去見見她嗎？」

「爹想要娶的人，不關我的事情，反正肯定又是個溫良賢淑眾人稱讚的女人。我無所謂，只要她不干涉我，我就能跟她和平相處。」

他果然不知道我的身分，否則才不會把這些話輕輕鬆鬆說出口，只可惜一切都遲了，你未來的娘我已經在干涉。

「如果你不要這些東西，那麼送給我好了。」我一張張拾起方才被他扔到地上的畫紙，收在懷中。

「不行！」

「既然你不要，又說這是垃圾，幹嘛跟我搶？」我心中竊笑，雖然說是垃圾，但心中還是捨不得吧！畢竟是自己的心血，怎麼樣也放不開手。

「你真是個怪孩子，聽過金玉其外這句話嗎？」

「妳是想要暗諷我敗絮其中？」

我搖搖頭，人總是自以為是的解讀。

「我是要告訴你，人容易被表面的假象所欺騙。乞丐只要穿上金光閃閃的服裝，也能被人當成富翁。」

楚殷抿抿唇，俊秀的臉上有些困惑。他繼承了其母的美貌，有一對很好看的墨黑蛾眉，秀氣雅致，讓他多了一分女子氣。

「你所喜歡的東西，只要換一種方法包裝，就能得到世人的接受。」

所以說，金玉其外，因為大家只看閃閃發光的事物。

我跳下酸枝木的欄杆，把設計畫稿放回他身邊的几上，正要離開。

「妳是誰？」冷不防，楚殷問出一句話。

我聳聳肩，沒有正面回答。

「也許是狐狸精。」

六個月之後我被楚瑜迎進門。浩浩蕩蕩綿延數百尺長的婚禮隊伍中我最顯眼，所有人只看著我，第一次有新娘不坐轎子，而採取步行。

我身上所著衣裳前所未見。嫁衣上頭綴著九百九十九隻鳥兒，鳳冠上的流蘇長而逸地，由身後兩個小童替我提著。

所有人都驚嘆是哪家繡閣的作品，人群中我看見滿臉震驚的楚殷站在路邊。

那天，我悄悄的摸了一張最像嫁衣的圖樣，臨時要繡閣捨棄即將完工的嫁衣，重新縫製，差點沒把老師傅給累死。

震驚全城，我又大大出了一次名。

當我經過楚殷身邊時，我拋下一句只有我們兩個人才聽得見的話——

「看見金玉其外的村姑了嗎？」

那件事情後，楚殷聲名大噪，楚家繡閣也就風風火火的開起來。被戴上頂尖設計師這一唬人名號，誰還記得這是以前為人所不齒、只有繡娘才做的工作？

從事這種藝術工作之人，其心思特別敏感脆弱。

看著楚殷投上來的委屈目光，我忍不住咬住帕子再次淚眼汪汪，原來老鷹要把自己的雛鳥推出巢外是這麼的心疼。

楚殷的競標一再出現驚人的天價，已經開始往五百萬兩邁進，臺上的主持人手上的槌子也敲得很勤，但由於姑娘們喊價喊得太勤快，早已捶碎了三支槌子。

「五百萬兩！」

由我們花錦城大戶之一錢老爺的二女兒喊出。

這錢老爺為人還不錯，缺點就是愛好女色，小妾多的可以從城頭排到城尾，老太太我特別看不慣他這行為，每次跟鳳仙太后聊天總要拿錢老爺出來當嗑嗑瓜子的飯後笑談，我們一致認為錢老爺遲早會腎虧。

腎虧這個詞是太后說的，我不是很懂，太后說問問兒子們就會知道是什麼意思了，但做娘的要十項全能、無所不能，不懂也是要裝懂到底，我的字典裡面絕對沒有不恥下問這四個字！

五百萬兩一出，現場一下鴉雀無聲。

這一瞬間的沉默，讓正好喝茶潤口的主持人一口水來不及嚥下去就急著開口說話，嗆得連連咳嗽，好一會兒才能順暢說話。

「五百萬兩一次！」

「五百萬兩二次！」

槌子要落下之前，被人輕輕鬆鬆的一手握住，所有人都伸長脖子好奇是誰阻止的，連老太太我也不例外，卻正好跟楚殷的視線對個正著。

「在競標結束之前，在下有一句話想說。」

他的眼眸波光粼粼，柔的可以醉死人，不知道是哪個傢伙竟然在忙著灑花瓣，更顯得飄飄似仙。

「這句話，想對一直疼愛我的娘說。」

哦？我親愛的小殷要對我說什麼？我努力把頭伸出去，只差沒把身子掛在欄杆上。二樓看見我的人紛紛抽氣聲四起，鳳仙太后試圖努力把我的腦袋塞回欄杆後面去，可惜不成功。

「娘。」

一聲娘入耳，讓老太太我心中像有千萬根針戳刺，細細密密的疼起來。

「只是想跟娘說，在楚殷的心中，娘是比狐狸精還要美的村姑。」

眾人面面相覷，嘴巴張得老大。

這句話的意思只有我能懂，忍不住感動的淚流滿面，這孩子還把當年的事情記得這麼牢，不枉娘疼你。

這樣的兒子！怎麼能賣掉！

「不行！一定要停止，我不賣了！」倏的跳起身，我大聲嚷嚷著，毫無形象。我不管這裡是三樓，爬上欄杆就往下一跳，鳳仙太后伸手只來得及捉住我的一片衣袖。

「娘！」

「娘！」

「娘！不行！」

此起彼落的叫聲。還來不及思考，我跌進一團溫暖。那頭不知道是誰還在灑花瓣，落得我一頭一臉。

「真是胡鬧！」

還沒來得及感動，鳳仙太后已經站起身來，難得臉上動怒。

「既然契約已成，就不能隨意反悔。來人啊！把瀅瀅帶上來。」

十數名近衛士兵立刻圍上來，把我和楚殷困在中間，插翅難飛，這一幕竟然頗有戲臺上私奔男女被食古不化的爹娘捉個正著的味道。

「都是娘的錯，小殷你快逃吧！」眼見太后生氣，為娘的自然要挺身而出負擔所有責任。

楚殷看著我，眼中盪過一絲笑意。

驀的，外頭傳來了匆匆而整齊的腳步聲，那小宮人還沒跑到門口就拉直嗓子喊起來。

「國君駕到！」

現任大榮國國君榮艾先肅著一張臉進來，年紀雖然輕，但是王威十足。他一進來後便環視四周，最後把視線定在三樓的鳳仙太后身上。

「母后，也該適可而止了吧？」

鳳仙太后一張臉瞬息萬變，驚訝、錯愕，最後隱隱惱怒，竟然癟著下脣氣急敗壞。

「誰讓你們都不讓我抱抱可愛的孫子，哀家整天在宮中無事可做，天下國泰民安，這像話嗎？」

「但母后也不能因此捉弄大家，把花錦城搞得天翻地覆！這樣置兒臣的顏面於何地？」大榮國國君嘆一口氣，怒氣不再，反而無可奈何。

「況且不是我們不讓太子陪您，而是最近父王的忌日要到了，整個宮中都忙得一塌糊塗。」

一聽見這句話，鳳仙太后眼中立刻滾著淚，難得一見女強人示弱。

「別提這件事情，我說過，誰都不許為那個老不死辦祭辰！明明說好每天晚上都要來我夢裡，最近這幾天來都沒有來，肯定是在下頭有別的女人，我跟他已經一刀兩斷，誰要去祭拜他！不給他東西吃也不給他錢花，看他在下面怎麼養後宮！」

「但母后也不可以為了這種事情鬧脾氣……」

「女人就是會為了這種無聊的事情鬧脾氣，怎樣！」說著，鳳仙太后還挽起袖子，做出似乎要找人打上一架的態勢，一國太后優雅樣蕩然無存，反而像是街頭大姐大。

「不管從八歲到八十歲，女人都有任性的權利。」

我嘖嘖稱奇。鳳仙太后果然是我輩傑出女性。

「不過，小殷，你為什麼要遮住我的眼睛？」

「這娘就不用學了。」

「這是什麼意思？娘也想學學鳳仙太后……」

老太太我掙扎不休，卻始終掙脫不開，只能卯足耳力聽聽外頭的聲響。

「母后，現在立刻中止這個胡鬧的拍賣會，跟兒臣回宮去。」

「哀家可是你母后，不是你的臣子。聽聽你那口氣，當王了不起嗎？」

全大榮國最尊貴的母子在慈善拍賣大會吵起架來，無人膽敢插嘴。

「母后，請您跟兒臣一起回去吧！所有人都在等著您去祭祀！」

「哀家不要！」

氣氛一下降到冰點，可惜沒半個能勸架的人。

「國君、鳳仙太后，請容臣稟告。」

咦？這冷冷涼涼讓氣溫驟然降兩度的聲音還真耳熟。

「關於先王的祭祀，一切都準備好了，回魂的玉雕剛剛也送到城內。」

「國師，做得很好。」

國師？小風？

這一下老太太我真想要確定一下這位勇者，用力扳開小殷的雙手順利掙脫。一見，果然是我家小五楚風。不知何時他已經換過一身國師的正式裝束，仙風道骨，衣袂飄飄。

「什麼回魂的玉雕？」鳳仙太后吸吸鼻子，女流氓樣仍不改。

大榮國國君輕嘆一口氣。

「兒臣見母后日日咒罵……不是，思念先王，甚為心痛，聽說西北有妙術，只要以玉石雕成人生前的模樣，便能在人的死忌當日喚回其魂魄，不過前提是他仍要在黃泉之下。」

一句話好像響雷炸開在眼前，讓老太太我頭昏眼花。

「瀅瀅，等我回來。」

我不用閉上眼，都能看見你的模樣……

頭好昏，眼前一黑，四周紛亂雜沓的聲音像潮水那樣湧來，楚殷喊得特別激動，臂膀一緊，讓老太太我無法呼吸。

我也想見你，好想見你，楚瑜。

第十章

「秋菊，妳瞧瞧，小海這回替我帶回多有趣的東西。」

我捧著個盒子眨巴著眼，朝一旁的秋菊獻寶。

現在距離拍賣會已經過了一個月有餘。關於拍賣會最後是怎麼結束的我卻不甚清楚，也許是人老了記憶有點模糊，只記得一起床六個兒子都圍繞在床邊，一臉緊張兮兮，鬼醫莫名正替我下針，就是太疼了才把老太太我疼醒的。

「娘？您沒事吧？還有沒有哪兒疼？頭暈不暈？」楚翊湊上來，拿熱手巾替我暖指尖。

從六年前聽到楚瑜去世的那消息開始，我就落下了這老毛病，夏天也容易手腳冰涼。

「娘怎麼了？不是好端端能跑能跳嗎？」我滿頭的莫名其妙。這一房都是人不嫌太擠嗎？兒子們都不用上朝不用練軍不用做生意了？

「娘……」

楚翊還想說什麼，卻被楚明伸手攔阻。

「娘既然沒事情就好。下回別睡這麼沉，把我們都嚇壞了。」

「是嗎？呵呵！可能是因為把你們賣了良心不安，前一天沒睡好。」是說，有睡這麼久嗎？

他們不答，只是沉默。

我低頭一看，楚翊立刻朝我扯出一抹笑，那笑卻有些倉促，不像平時甜蜜開朗。難道被嚇壞了？

關於這件事情，老太太我深思許久，覺得可能是這種拍賣方法太過激烈，導致兒子們心生恐懼，下回應該要採取溫和而且自由的方式讓他們跟閨女們接觸才好。現在老太太我回想了一下，那些來競標的閨女們的確個個如狼似虎，哪有一點女兒家的嬌羞樣？我的兒子們都那麼良善，被嚇到了也是情有可原。

不過這些事情很快就被老太太我拋諸腦後，昨日種種譬如昨日死，老太太我個人覺得做人要往前看，對於過錯要快速遺忘，但別人欠你錢絕對不能忘……

這回楚海的船遠航西方，給我帶來許多稀奇古怪的小玩意兒，其中我最喜歡的就是這個會自己演奏音樂的小盒子。

這小盒子的蓋子是精緻的銅雕，裡頭鑲嵌著用象牙雕塑的玫瑰，細膩而巧奪天工；外側有著一個小把手，轉一轉，盒子裡頭凹凸不平的滾軸就會滾動，繼而出現叮叮噹噹的好聽聲音，很像是水晶互相敲打。

打開盒子會看見一個小女孩在跳舞。

「三公子就是知道夫人喜歡這些小玩意兒，船還沒靠岸，就讓人先行送過來。」

「西方真是個很有趣的地方。」我嘆息著。

大榮國溫暖，從不下雪，楚海說只要往北方去就會變得越來越冷，雪花紛紛落下，大地一片白茫茫，把所有的骯髒都覆蓋。

「如果夫人喜歡，三公子肯定會帶您去的。」秋菊一邊輕聲說著，一邊把茶杯端到我面前。用玻璃杯盛裝的茶水上頭飄著一朵小花。透明無瑕的紫色花茶，這是大榮國中不曾出現過的。

「這個茶裡的花用櫻桃燉煮過，夫人喝完茶後可以享用花朵。」

「真漂亮，讓人捨不得喝掉。」我捧著茶杯，看著浮在茶水上的花朵，這種稀奇的東西用來欣賞的意味總比用來品嘗的多。

正說著，有人就進到亭子內，一撩袍子便率性坐下，垂落肩頭的鬈髮在陽光下是淺淺的金褐色。

「娘如果喜歡，下次讓人特地送一船來。」

「今天沒事嗎？怎麼有空來陪娘？」記得我家楚海在私下經營個小幫會，叫做海幫，是個非營利的慈善機構，大概就是讓路上的商家繳點小錢然後海幫會保護他們，免受地痞流氓騷擾，就說我家兒子們都很善良……

「大船回國，他們已經足有半年沒有好好休息，於是我放他們長假。」小海伸手拿了一顆連達蜜果剝著。一個大男人應該是粗手笨腳的，可是他卻相當靈巧。

「娘，吃蜜果。」他把蜜果送到我嘴邊，順勢挪到我右手邊的椅子。

兒子送上來的孝心自然要吃。

「呵呵！乖孩子，不要緊，我讓秋菊剝就好了。」我環顧四周，卻找不到秋菊的身影。怎麼這孩子消失的這麼快，移形換影嗎？

「可能去替娘沏新的茶水。娘不喜歡海兒剝的嗎？」他一挑眉，眼眸閃閃發光。

其實小海的眼眸不是全然的黑，仔細一看還泛著一點灰，隱隱約約，極有吸引力，這也是他那有西方血統娘親的遺傳。

小海他娘相當神秘，只知道來自西方，其他幾乎都是謎。楚瑜娶個來歷不明的女子當時可是眾人反對，不過老太太我倒挺高興的，因為這種事情有一就有二，這個二就剛好是老太太我……

「喜歡喜歡，你親自給娘剁的怎麼會不喜歡，只是你難得休息，不要太累了。」我搖搖頭。因為頭上的金步搖上綴著一顆深海明珠，搖起來有點辛苦，所以我只能輕晃一下意思意思。

「替娘做什麼事情都不會累。」

哦哦！我的兒子們都是話術天才，這講話怎麼講怎麼熨貼入心，老太太我亂感動一把的。看見楚海的領子被風吹亂，我很自然的伸手去替他撫平。

「瞧瞧，你這孩子連衣裳都不知道要穿好。」

楚海一縮脖子，這麼大個人還怕癢，忍不住讓老太太我發笑。

「聽說怕癢的男人會疼妻子，小海將來一定很疼你的媳婦。」

沒想到這句話換來一片死寂般的沉默，好一會兒楚海才開口，語氣是前所未有的落寞。

「如果我娶媳婦，就沒辦法像現在這樣陪著娘了。娘希望我去陪其他女人嗎？」

我皺眉，因為領子始終沒翻好，想到其實我的衣領也都是秋菊她們替我整理的，伺候人這還是第一回，眼看手下的領子越來越像梅乾菜，不禁幾分疑惑。

「什麼其他女人不其他女人的，她是你的妻子，你會愛她，非常非常愛她。娘自然是希望看到你跟心愛的人一起幸福的生活。」天下父母心，自然是希望兒子們事事都順心；就不確定天下婆婆心是不是希望媳婦事事不順心，否則戲臺上怎麼那麼多婆婆喜歡虐待媳婦？

沒想到楚海一句話讓老太太我陷入思索。

「娘，什麼是愛呢？」

他抬起頭，握住我的手，同時也停止我對他衣領的淩虐。

這兒子長大了手也特別大，發現老太太我的手剛好被他包裹在掌心中。雖然說女孩子家的手不能被男人亂摸，不過兒子當然可以例外。

這個問題想來所有的爹娘都很難解釋，因為很多人終其一生都沒有體會過。

文人們用很多詞來形容，什麼一曲相思情意纏綿、桃花夭夭滿天宛如妳豔麗的臉龐、願與妳攜手共步漫漫人生長路，這類情書老太太我以前也收到不少，不過全都被我送進火爐當柴堆的引子，紙張特別容易燒，省下不少銀子。

只是不管多麼美麗的詞句，都不及我見楚瑜的那一眼。

千山萬水中，第一眼就見到他。

那日燈火節，萬家燈火一齊亮起。我躲在草叢中偷偷啃著從灶房摸來裡頭包酸梅的甜米糰子，啃完三個正準備往第四個進攻，卻一聲火炮炸上天，把半個天空都照得明亮。

楚瑜正好站在這亮光下，那光把他一半的側臉照得明亮，一半的側臉隱在黑暗中；文人忙著書寫說他被照亮的側臉宛如仙人，另一半隱在黑暗中的側臉帶著神秘，把他寫得神乎其神。

我只覺得他很像我在戲臺上看見的黑白郎君，心中微微一跳，卻不知道那是什麼感覺。低頭摸摸胸口，我又打算繼續啃食糰子。東西就是要應景吃才夠味，過了這節日，吃米糰子就覺得不美味。

可是我在黑暗中摸啊摸卻沒摸到糰子，只摸到一隻熱呼呼很像手掌的東西，也不管三七二十一拿起來往嘴裡送，但只是拿自己的牙齒替人家磨皮。狐疑的順著掌狀物往上看，卻見到楚瑜不知何時也鑽進我棲身的草叢，正笑著看我。

「是哪來的小狐狸躲在這邊吃糰子？」

外頭文人言之鑿鑿，說什麼楚瑜眼中有流光閃爍，肯定是天神下凡來投胎，但我第一次跟他面對面，覺得這文人真是誇大，頂多只是眼睛好看一點，再多一點，再多一點。

就好看這麼一點一點一點而已，絕對沒有太多！

後來呢？

「我第一次見到你爹，就覺得這世界上再沒有比他更好的捏糰子大師了。」我嚴肅著一張臉，認真的對楚海說道，換來他一臉愕然。

因為後來我對楚瑜這麼說——

「這位公子你可以借過嗎？擋到我拿甜米糰子了。」

其實不能怪我，當年我才十歲，一個十歲的女孩兒哪能知道什麼一見鍾情、心蕩神馳，眼前男人長得多俊美我不知道，只知道甜米糰子只有今天能吃。我一把推開楚瑜，自顧自啃起第四個糰子，一邊護著我的第五個糰子。他看起來很能吃，我怕他搶去吃。

「我才不要分你，要吃自己去灶房拿。」

楚瑜挑挑眉，逸出一絲笑意。

「還是第一次見到不吃肉、吃糰子的小狐狸。」

我吃完了甜米糰子，正兀自舔著指尖的糖粉。

「還要吃嗎，小狐狸？」

當然，甜米糰子多少都能吃得下。於是我就這麼被楚瑜帶著走。

楚瑜是神，糰子之神，做出來的糰子各色各味，不只色彩繽紛更是美味無與倫比，從那時候開始養成老太太我對於食物的要求。

其實真的不太高，只是以楚瑜當年的手藝為基準。可能天下人的標準有點低，否則怎麼我挑剩的廚子都能進王宮掌廚？

覆蓋在手上的力道微微扣緊，老太太我這才想起楚海的問題。遙想起當年芳華正茂，現在都有六個兒子了，歲月真是不饒人。

「就是有一天，驀然回首發現是他。」

我苦思半天，最後只給出這樣一句精闢結論。

「其實什麼情啊愛啊！不過都是戲曲、文人的囉哩叭嗦。其實就是當有一天回首，你會發現就是這個人了。」我聳聳肩，於是十三歲那天開始，我天天向楚瑜求婚吵著要他娶我。

楚瑜總是揉揉我的頭，說讓我再等等。

這一等就等到我十六，一等又等來他的死訊。

「這世界上什麼都能蹉跎，就是想要的人、想要做的事情不能等。」

「不能等……嗎？」楚海忽然聲音異常低沉，緊緊盯著老太太我，讓老太太我嚇得以為他也跟楚風擁有同樣視人所不視的能力，忍不住轉頭往後面看過去。

「所以娘才希望你們早點成親。」後頭什麼也沒有，無奈只好又轉回來。其實老太太我也不是真期待看到些什麼啦……

「不管我想娶的是誰，娘都會支持我嗎？」

「當然！這是什麼傻話，就算對方姑娘不喜歡你，娘也會支持你！娘告訴你，前幾天娘看了一本書叫做《愛情是從綁架開始》，就算她不喜歡你，你把人擄了，擄到天涯海角，只剩你們兩個，慢慢培養感情，據說這樣十之八九女孩子都會愛上你。」剛好小海的職業又很適合到海角天涯，綁著上船去，那女孩無依無靠，肯定要愛上我家兒子。

楚海一挑眉，語氣中洩漏笑意。

「不管是哪家的女孩，娘都支持？」

「娘絕對支持你。但我家小海這麼可愛，哪個女孩不愛你？」娘我倒想看看對方是何方神聖，居然敢不喜歡我家小海。

楚海看了我半晌，而後忽然淺淺一笑。那喟嘆的表情，竟然跟當年楚瑜要我再等等時有幾分相像。

「總有一天娘會知道的。」

怎麼這些孩子越來越愛搞神秘，頗有乃父之風。我皺了皺眉，這才想起那杯茶放到現在都沒喝。雖然茶水放了好一會兒，但茶杯捧在手中，茶水依舊是溫溫的；嚐起來有點柑橘類的水果清香混合花果香，可是在舌根卻有微微的澀味。

「娘喜歡嗎？」

可能我皺眉的表情引起楚海的注意，關心的詢問起來。

「怎麼說呢？很香，但有種空泛的感覺。」

「不如娘試試這個。」

楚海放到桌上的東西是一個罐子，玻璃罐子裡面裝著各色一口大小的寶石，五彩繽紛，在陽光下炫麗奪目。

「寶石這種東西，娘很多了。」而且比這大顆的多的是。

「這不是寶石，這是糖球。」

「糖球？」

「西方有一種特殊的吹糖工藝，能在透明的糖球裡面又吹出一顆顆小糖球。這些糖球的味道都不同，除了欣賞，還能放入茶中作為糖使用。西方人喜歡在茶中加入牛奶和糖。這種特殊的吹糖球，外面一般是買不到的。」

「這是糖？你不是騙娘的吧？娘怎麼看都像寶石。」在光線下七彩繽紛，天上的彩虹莫不是都掉下來落在這罐子裡了？

「很漂亮吧！賣給我的商人說，這種糖在當地又有另一個名稱，說是可以招來幸福的糖。用這種糖入茶或者直接食用，都能得到幸福。」

難得粗枝大葉的楚海能有這麼細膩心思，做娘的忍不住一陣心軟。

「娘已經夠幸福了，有你們在身邊。這糖你吃就好。」

楚海搖搖頭，又把那玻璃罐子往我這邊推來。

「這是希望娘喜歡，才特地帶回來的。」

小小一罐糖，卻差點讓老太太我的淚腺失控，人老了心思也特別敏感，悲春傷秋。

「要不，我們一起吃。」挑開蓋子，從裡頭揀出一顆橙色的糖果，送到楚海面前，趁著楚海發愣，順勢把糖球塞進他的嘴裡。

「這樣我們，就都能幸福了。」老太太我得意一笑，就算人老了，行動也敏捷得很。

「娘……」楚海一臉錯愕，似乎沒料到自己會被這樣「暗算」。

「好吃嗎？」我一邊期待的問著，一邊伸手揀著另一顆被埋在底部的紫色糖果，想要拿來扔在茶內，可惜這罐子口太小，只能用指尖挖挖掏掏，卻怎麼也摸不著那顆糖果。

「很酸。」

什麼？很酸？

「你說娘餵的糖果很酸？」分明說這是糖，怎麼經過老太太我的手就變酸了？可楚海這孩子又一臉痛苦，眼睛都瞇起來，感覺不是假話。

「很酸就別吃了，娘再給你別顆……」

「不行，娘給我的怎麼樣都要吃。」

噢，這死心眼的孩子。我連忙湊上前去，捉著楚海的衣襟不知如何是好。怎麼沒人寫本育兒大全告訴我當兒子吃到過酸的糖果時該如何是好？

「小海，你別嚇娘，你告訴娘怎麼辦才好？喝點茶看看會不會舒服一些。」

楚海很乖，就著老太太我的杯子把我剛剛喝一半的茶喝個精光，看不出來這孩子那麼渴。

「有舒服一點嗎？」都不知道這孩子這麼怕酸。

「……」

這孩子好像說了什麼？可惜我聽不清楚，連忙湊得更近，只差沒貼在楚海臉上。

「小海，你說什麼？」

說時遲那時快，老太太我腰間倏的一緊，楚海抱著我退開原本的位置。還沒弄清楚這是怎麼回事，就看見楚軍臉色不太好看的站在園子門口，而楚海原本的位置上直直釘上一把清水南華劍，劍柄還在兀自震動。

我看看劍，又看看楚軍。

這孩子什麼時候開始練習飛劍？

「抱歉，剛剛練劍手勁大了一點，沒注意到弟弟在這裡。」楚軍走上前，柔聲道歉，順勢把劍拔起來，劍深入椅中三寸，拔起來時還有輕聲劍吟。

老太太我聽說只有足以一刀斃掉獅子的力道才能發出劍吟，但仔細想想我們一家兄友弟恭，楚軍肯定只是不小心手滑了，從練武場一路射歪到這涼亭來。

「下次小心一點，刀劍不長眼。」我輕聲訓斥，總要注意別人的安全。

「好的，娘。」楚軍每次見到老太太我就要先把聲音降低到只剩原本音量的五分之一，否則老太太我纖細的神經可能無法承受。

「娘在喝茶？」

就算不去軍營，楚軍仍然是一身整齊裝束，只是從硬盔甲變成貼身軟甲，勾勒出他好看的身形。據說小軍的寫真集銷售量只屈居楚殷之後，可能是衣服換的沒人家多。

但由此可見楚軍的身材讓閨女們覬覦的程度。

「是啊！小海正跟娘一起喝茶呢！小軍你也過來喝一杯。這是稀有的西方茶，但秋菊不知道去哪了……這邊只剩下我的茶杯，不然你也用我的茶杯喝吧……」我話還沒說完，秋菊人就款款出現，茶盤上托著茶杯和新的茶水。

「二公子請用茶。」

同時把我原本的茶杯一撥，轉放到楚海面前。

「夫人，替您換一個新的茶杯。」

「我用娘用剩的茶杯就好。」楚軍突然開口，伸手就要拿起茶杯。

「這用不著。孔融讓梨，新的總是要留給二哥。」

無辜的玻璃杯僵持在空中。我左看右瞧，不懂一個茶杯有啥好搶的。有時候兄弟感情太好也會造成一點困擾，其實讓秋菊再拿一個杯子過來不就得了？

「夫人，茶內要加糖球嗎？」秋菊低下頭，朝我甜蜜一笑。

「要吃！」我飛撲，秋菊最好了。

「想吃哪顆？秋菊替您拿。」

「想吃那顆紫色的……」

我嚷嚷，忙不迭的分神專注看起秋菊拿糖球。

「來，夫人，秋菊替您加到茶內。」

糖球一加入水中瞬間化開。最外層的糖衣開始溶解，彷彿像是一朵大花，裡頭的小糖球又紛紛溶解成小花，有如百花開在茶杯中。

「真漂亮。小軍、小海，你們快看！咦？小海你的眼睛怎麼黑黑的？」

「娘肯定是看錯了。」楚軍涼涼一句話，解了我的疑惑。

他端起茶杯輕啜，我眼尖的發現那是剛剛我用過的茶杯，不過小海也用過了，這樣算不算小軍跟小海間接接吻？

這兩個兒子感情好成這樣……

別人家的娘是擔心兒子們爭奪家產，老太太我倒有點擔心兒子們亂倫……

第十一章

「夫人，請往這邊走。」

「好。」

今天是花錦城內靜華書院落成剪綵典禮，本來應該是太后要過來，但這會兒太后忙著鬥蛐蛐兒沒空，發下一道懿旨要老太太我勞碌的跑這一趟。

靜華書院是專屬於女子的書院。由於大榮國歷代國君都重視文教，所以比起其他國家，早早就開始推行男女平等教育，本來還有些食古不化的大臣堅持反對，說什麼女子無才便是德的鬼話，鳳仙太后嫁來我國以後便帶著一把劍上朝，聽說打算跟有異議者好好「溝通」。

後來也沒溝通成，因為一瞬間所有大臣的異議都蒸發了。

「夫人替我們提個字吧！」

靜華書院的負責官員臉上堆滿笑，親自替我研墨。

說到這落成典禮，不外乎就是做一些例行公事，替他們剪剪綵球，拿根鏟子戳戳土，再來就是隨便揮毫一筆，好讓他們能把我的鬼畫符仿刻成匾額掛在門口。

但可不是老太太我吹噓的，幾個兒子的書法可是我手把手教的，這沒有一點本事怎麼行？

「這墨太淡，而且墨色不均，我們不需要。」

我只看見香鈴柔弱無骨的小手輕輕一推，那官員卻像胸口中了一記鐵鎚，咳嗆著連連退後，

我覺得這傢伙頗有戲劇天分，不由得多看兩眼。

「這是九轉香龍出雲墨盤，是夫人最愛的墨色，夫人請用。」

香鈴磨好墨，香蘭順勢把筆遞到我手上。

「好好，我這就來寫。」

這書院名稱取得不錯，取自靜如處子以及腹有詩書氣自華，以此為院規，是稱靜華書院。

老太太我才正要揮筆寫第一個字，一聲怒喝嚇得我手一抖，潔白的紙上滴上好大一滴墨漬。

「妳是什麼人？竟敢隨便寫靜華書院的題字！」

我茫然抬起頭，看見一名書生打扮的女子站在門口，臉上怒氣騰騰。她氣沖沖的走了進來，好像我是犯了什麼十惡不赦的罪犯。

「說！妳是誰，竟敢擅闖書院！」

「生羅，不得無禮。這位是楚府老夫人，今天特地代替太后前來為書院進行剪綵典禮。」剛才忙著在旁邊咳嗽咳到我以為要吐血而亡的官員忙不迭的又湊上來，拚命要把女子往後拉。

「夫人，不好意思，這位是我們這邊的夫子，叫做生羅，今年新上任，沒見過世面，讓夫人見笑了。」

叫做生羅的女子表情像被人揍了一拳，瞪著老太太我的臉。

「生羅夫子妳好。」被人這樣注視著，老太太我也會有點害羞……

她的視線轉一圈，把我身邊的丫鬟們也看個仔細，臉色從震驚一路到鐵青。

「大人！我拒絕讓這位夫人替靜華書院題字。」

「妳在胡說什麼，這位可是太后欽點……」

「我不管什麼太后欽點，我們靜華書院的宗旨是要提升女子所學，提升女子的地位。我們不靠譁眾取寵。這些華麗的服飾和漂亮的首飾都只是古人為了讓女子穿上取悅男人而創造，我不能忍受徒有外貌的人。」

我眨眨眼，看見那官員汗如雨下，但這孩子義正詞嚴的模樣讓老太太我忍不住心生好感。

「還有，妳們沒有羞恥心嗎？為了漂亮的衣服、華麗的首飾而自願淪為他人的下僕、出賣自己的靈魂，終身做這種奴隸般的工作！？」她說著，一指直指向香蘭她們。

確實，今天為了出門剪綵，我們是有稍微修飾一下，香蘭她們看上去可真是美極了。不是說人人都喜歡欣賞美麗的事物嗎？老太太我不由得嘖嘖兩聲。

不過還是和和氣氣的矯正這姑娘的錯誤。

「我覺得姑娘說錯了。香蘭她們雖然有簽契約入府，但我並沒有買下她們的靈魂。靈魂這東西看不到摸不著，實在有點難銀貨兩訖。」

「哼！如果妳們還有羞恥心，就應該要脫下這些華服，好好的學習詩書中的道理。古聖賢有云，一簞食一瓢飲而不改其樂，物質上的享受會讓人墮落。」

我說一句，這姑娘頂回一串。

但我楚家什麼沒有，就是金豆子特別多，不在生活上稍微花用一下，我怕家中的金豆子會塞爆庫房，都已經年年擴建，還是供不應求。

「妳在胡說些什麼？楚家是花錦城內首富，自然要穿些合襯夫人身分的衣裳。夫人您別聽她胡言亂語，大人有大量……」

「我倒覺得這小姑娘說得不錯。」

「不許叫我小姑娘，我乃一屆斯文，應以夫子尊稱！妳不是太后，只有太后才有資格書寫這書院的題字！」

「感謝夫人大人有大量。妳還在胡說什麼，快點給我出去……」那官員奮力的推著女夫子，好不容易才把她推出房外，還能聽到外頭吵鬧不休。

「太后才是女中豪傑，配得起書院的題字……」

官員臉色僵了一僵，旋即又端起笑容走到我身邊。

「破壞了夫人書寫的興致，我替她賠罪。生羅夫子其實才華極高，是我們這書院內的第一把交椅，但偏偏就那腦袋瓜食古不化……」

「不會，我看得很有趣。」孩子總是要有不同想法才好，也許老太太我也應該照她說的來個靈魂昇華，增進氣質。

「其實生羅夫子以前不是那樣子的，但可能是因為身為十九房庶出女兒，從小看見自己娘親境遇悲慘，只見新人笑不見舊人哭，於是才會堅持認為女子不該以色悅人，同時也對這方面的事情極力排斥。」

那官員跟我解釋，我會意的點點頭。

所以說這男人娶一堆老婆就是要惹出許多事情來，從第一房到十儿房，光是兒子們爭奪家產就已經讓人頭痛不已。

當然，我家楚瑜一個妻子死亡後再接著一個迎娶，就沒有這問題了。

正想著，香蘭她們已經替我抖開一張新紙。

「夫人，請動筆吧！」

＊＊＊

「距離楚府還有一點路，夫人要不小睡一會兒？」

老太太我搖搖頭，只覺得肚子脹得像個皮球，剛才吃了太多點心。

「剛吃飽，哪兒睡得著？倒是想要下車走走。」成天坐在轎中，沉悶的空氣對老人家不好。

香蘭臉上出現遲疑：「可是爺吩咐夫人不得隨意引起騷動……」

「我只是下轎走走，哪會有什麼騷動？」

「上回夫人下轎走走，差點被北方來的蠻王搶親，還是二公子親自帶領御林軍提刀上陣才把夫人救回……」

說起這件事情就讓老太太我滿肚子困惑。上回那個大鬍子蠻王不知道哪根筋不對，見到老太太我就大嚷一見鍾情，把正在買金魚糖的老太太我一把撈上馬背，正巧那時我有點腳痠，不用勞動自己的雙腳就有人帶著跑是不錯，索性也安之若素，但還沒走到邊關，就有大隊人馬從後頭追上來。

我家楚軍領頭，帶著楚明從國君那邊「強行要求」來的令牌——根據郝柏的說法，講好聽是強行要求，講難聽是明搶……我打死不信我家楚明會做這種強盜所為——要那蠻王放下被擄走的人。我看半天，始終不知道是誰被擄了，直到楚軍一刀把那蠻王劈下馬，我才恍然大悟。

「就說北方民族的眼光不一般，特別喜歡雞皮鶴髮的老太太。」虧老太太我還以為他準備邀請我去他家小坐，欣賞欣賞北地風光。

但有前車之鑑，老太太我只能乖乖坐在車內。

轎子路過城西一處。

「娘，娘妳別這樣……」

「羅兒！妳別拉著我，我要去找妳爹。妳爹他肯定是弄錯了，他沒有要休了我……」

這聲音怎麼有點耳熟？

「那男人已經不要妳了。娘！妳醒醒！」

哦哦！越聽越耳熟，好像剛剛才聽過。我索性挑起轎簾探頭看個仔細。

一樣夫子打扮的生羅正緊捉著衣衫襤褸的中年女子，那女子臉上雖然盡是汙痕，但仍看得出來年輕時應該長得不差，可是現在臉上滿是瘋狂，毫無理智，一旁路人都投以憐憫的眼光。

可能被我的視線吸引，她忽然看了過來，狂叫一聲衝來。

「啊！就是妳這個狐狸精。搶了我的云非，要云非休了我。我跟妳拚了。」

狐狸精這詞我見怪不怪，但云非跟我沒半點關係。

「娘！」

那想要劈頭給我一個耳光的女子高高飛起，直直摔回原地。我往旁邊看了看，正好見到春桃忙著拍袖子上的灰塵，拍完以後又朝我甜蜜一笑，一首屬於她的主題曲一下子在老太太我腦海中迴旋。

甜蜜蜜～妳笑的甜蜜蜜～好像花兒開在春風裡……

生羅衝上來一把抱住女子。女子顯然摔得不輕，呈現半昏迷狀態。侍衛們立刻圍了上去。

「是誰膽敢衝撞楚夫人？」

所以說人多勢眾，這麼威嚇起來也特別有力。

「去去，你們做什麼？」我下轎先深吸口氣。果然外頭空氣比較好……

「人家兩個弱女子，你們這麼大聲喊叫，要把人家嚇破膽嗎？」

「嗨，一屆夫子，又見面了。」

「妳是……楚夫人？」

生羅咬了咬牙。好一會兒她才毅然決然的開口，頗有壯士斷腕的氣魄。

「生羅的娘衝撞楚府轎子，生羅願替娘承擔，要扭送官辦就扭送生羅……生羅頂天立地，鐵錚錚的女子漢絕對不會臨陣脫逃，我早已置生死於度外。古人有云，天地有正氣，即使我死了正氣仍然在！」

「妳比較想當正氣？」聽這完這一連串的話，我只得到這個結論。第一次聽說人想當空氣，但氣分很多種，在遙遠夜空外閃爍的星星是燃燒的氣體，但聽說人放的屁也是氣體組成的……

「……」

正在這時候那女子又吵鬧起來：「云非！妳搶了我的云非！」

就說我不知道云非是誰了……

「娘，娘妳別這樣，我們回家去……」生羅死死的拖著女子，可惜她手無縛雞之力，總歸是個女兒家。

「對不起，楚夫人，我娘有時會這樣……陷入自我的妄想……」她期期艾艾的道歉，眼神飄來飄去，似乎有話難啟口。

「看來她是把妳誤以為搶走我爹的人了……」隨著眾人的圍觀，她的臉上掠過一抹難堪。

原來如此。

「生羅，妳放心，沒吃過豬肉也看過豬走路，老太太我雖然沒真的演過戲，至少也看過很多戲，狐狸精該是什麼樣子我很清楚！要演起來我不會輸的。」

「嗄？」

我雙手扠腰，氣運丹田，這招是跟鳳仙太后學的。

「妳也不照照鏡子看看自己的樣子，云非會喜歡我是理所當然的。」

「妳……妳說什麼？」

「瞧妳狼狽的樣子。云非都說我體貼可人，妳就只會在他耳邊嘮嘮叨叨，他聽都聽煩了，哪個男人回家想聽些不中聽的話？說到底還不是妳自己的錯，抓不住丈夫的心！」

「妳……妳……妳終於承認了，就是妳勾引我的云非！」

「勾引？拜託，妳少土了好不好！這年代都不時興勾引這一回事，男女平等，懂嗎？跟我說一次，男、女、平、等。云非算什麼東西？充其量只是我的小白臉，我還有一夫二夫三夫四夫，多得數不清。」

正說著，巧遇楚軍例行巡視王宮，從另一頭過來了。他見到騷動下馬察看，剛好被我逮個正著，足尖一點奔過去自動自發把手套入他的臂彎。

「瞧，這就是我姦夫其中之一！比云非好看幾百萬倍！」

雖然我真的不知道云非是誰，不過我相信楚軍肯定會贏的，好說他也是我兒子。

「妳、妳竟然還有姦夫？用情不專，我要告訴云非……」

「妳說啊！妳去說啊！云非那傢伙都休了妳，妳還能怎樣？」我罵得歡快，難得自己身歷其境好像在戲臺上，不禁洋洋得意。

「娘又胡鬧了？」楚軍的語氣無奈。

我順著看上去只能看見他的下巴，就說兒子長太高不是娘的福氣……

「哪是胡鬧，要比演技，娘看那麼多戲肯定不會輸人。」

說著我又轉頭叫囂：「瞧我這姦夫，說身材有身材，說身分是大將軍，要臉蛋比那云非好幾百倍。天涯何處無芳草，妳何必單戀一株臭草？」

「娘？妳怎麼在這？」

人群從中讓開一條路，我看過去正好看見我家小殷帥氣現身，身穿一襲最新流行的衣裳，胸口略略敞開，微露的鎖骨讓現場所有人不分老少男女都吞了口口水。人長得帥就是有點好處，不管走到哪都有人讓路。

「啊！你來了。這也是我的情人！」

我立馬又飛奔過去，擠眉弄眼要小殷配合我演出。小殷這孩子不像楚軍死腦筋，看看我，看看眾人，又看看生羅他們，順勢一隻手就環在我的腰上，把我往他身上帶。

「嗯？我的甜心，誰惹妳生氣？」

那邊的女子發出一聲尖叫：「妳有兩個姦夫？妳這個……妳這個……狐狸精！」

「當狐狸精能當得這麼愜意，當狐狸精有什麼不好！」

那女子手指抖啊抖，指著楚殷：「你可知道她還有其他姦夫，竟然還跟我的云非搞在一起……」

楚殷揚眉，雖然他沒參與到前面的部分，但顯然，他有著驚人的推理能力。

「云非？嗯？甜心，妳倒說說云非是誰？有了我，妳還要其他沒用的男人做什麼？」

他演得深情款款，如果不是演對手戲的對象是老太太我，我肯定拚命拍手丟金豆子。這時才發現我家楚殷其實很有演戲天分。

「我不知道，可能是某個不起眼的傢伙吧！」這我還真的不知道。

「妳說我的云非是不起眼的傢伙？」

「跟我的情人們一比，妳覺得呢？」我抬抬下巴，瞧楚軍和楚殷站在一起，這兩個孩子一文一武，只能用玉樹臨風、卓爾不凡來形容。

那女子出氣多入氣少，拚命的喘氣，老太太我有點擔心她等一下會斷氣，但兒子們太優秀不是我的錯。

驀然從人群中鑽出一顆頭，清秀可愛的臉龐綻出一抹笑，這古靈精怪又惹人憐愛的人不正是我家小翊？

「大家都在啊？」

今天是怎樣？一家團聚在路上。

老太太我挑挑眉，還沒開口，女子拔高八度的聲音率先問出口。

「你又是誰？」

楚翊這孩子真不負我給他的那句人生格言。他轉轉眼眸，可愛一笑，走上前來正好跟老太太我同高，往前一傾薄唇貼在我老臉皮上，響亮一吻。

「我是姦夫三號啊！」

「碰！」出氣多入氣少的女子終於成功暈過去。

第十二章

「所以呢？」

「所以事情就是這樣……」

「那妳把人帶到哀家這兒來做什麼？」

鳳仙太后一手穩穩的抱著三歲的太子，坐在她那張鳳儀椅上，手上抱的小太子額上有著一朵鳳陽花的胎記。這朵鳳陽花胎記本來應該只會出現在女子身上，可能因為太后的基因太霸道，這會兒竟然出現在太子額上。

因為太子長得清俊妖異，粉白粉白的臉上還有朵花，十個人看到十個人以為是個公主，聽說那些祝賀公主的人全都被鳳仙太后打成殘廢。

那時我也有進宮祝賀，頂著賢麗上品夫人的名號只差沒在宮中像螃蟹橫著走，乍見太子時我條件反射的就要喊出一句人妖，幸好楚明即時拉住我。

不愧是一國太子，沉穩篤定，總是要把手端正的擺在膝上。像她娘親的眼睛，帶著若有似無的冷淡。現在正好是太子學說話的時候。

「奶奶，有狐狸精。」

我咳了一聲，好歹老太太我跟太后同輩分，總該給我幾分薄面……

「奶奶告訴你多少次，不得隨意說出心裡話。雖然人要誠實，但君王絕對不要誠實，要以威勢恐嚇下人駕馭群臣，你要往東就偏偏往西，你要吃豆沙包就要拿起芝麻包來吃，永遠不能讓他們知道你在想什麼……」鳳仙太后諄諄教誨。

果然是教育要趁早。

太子似懂非懂，用力點頭，那樣子要多可愛有多可愛。

雖然老太太我實在不懂吃豆沙包和芝麻包的差別在哪？

「咳咳！因為她們孤兒寡婦很可憐，所以想請太后收留她們……」

「瀅瀅，妳這是把王宮當成慈善機構嗎？」

「絕對不敢，世界上哪有這麼富麗堂皇的慈善機構，而且慈善機構的主辦人都要慈悲為懷，這一點我相信太后絕對沒有！」我言之鑿鑿。要知道鳳仙太后是損人利己的類型，動不動就拿著劍上朝要砍人腦袋，雖然始終沒有砍成。

「就算哀家想幫忙，也不能這麼收留來路不明的人。」鳳仙太后提起一串小葡萄放在太子手中，讓他嘴和手都有得忙，只剩下眼睛圓滾滾的直看著我們。

老實說，太子的想像力豐富到讓人嘆為觀止，之前每一次的見面，老太太我都被他追得滿王宮跑，只因為他想要掀開我的裙子，看看我的狐狸精尾巴。

「她不是來路不明的人，是靜華書院的夫子……呃……留校察看中的……」我心虛的瞟了瞟身邊的生羅，她正低垂著頭，但顯然能見到心中的偶像讓她誠惶誠恐，肩膀不住的抖動。

因為那天在路上引起的動靜太大，結果害得我們被投訴，罪名羅列：阻擋交通要道，未經許可隨便表演，攤販流失顧客，不知道是誰還多告上一條他家的雞沒生蛋！

當然，這些賠賠款就能了事，我楚家金豆子很多，這一點罰款比九牛身上的屁股毛還要少。可是生羅就沒這麼好運，書院讓她閉門思過三個月。她是家中唯一的經濟支柱，少了俸祿全家就會斷了生計，我想要幫忙她，卻被她硬著語氣一口拒絕，說什麼一日不做一日不食。不愧是鐵錚錚的女子漢。

其實我想過要收留她，那天把她帶回了家，不湊巧郝伯晚飯吩咐的特別美味，我連吃了三大籠翡翠碧螺春餃子，才想起飯廳外有個被蚊蟲叮咬的無辜女子在等我。

「咳咳，娘有話要說。」

「娘有話慢點說，省得噎著。」楚明抬起頭，不愧是當家的威嚴橫生，氣勢高下立現。

「娘給你們請了個夫子。」

一句話，六個兒子唰的齊抬頭，旁邊還多一顆是郝伯的……這廝做事不好好做事，最愛做的事情就是竊聽家務事。

「給誰請？」楚殷語氣困惑。

「你大……」

大哥不成，楚明十五歲那年就中了狀元。原本他的夫子是一年一換，後來一個月一換，而且每個夫子都是主動求去，痛哭流涕的說無能為力，已經沒有東西可教導。

狀元之才，計冠天下，這對聯還是大榮國國君親自題的，正貼在我家豬圈的門口。因為先皇賜予楚瑜的墨寶太多，我家實在沒地方擺，但他又是國君，不能不給他面子，只好貼在豬圈上，所以城內都謠傳我楚家的豬比別人聰明一倍，每次僕人把用剩的豬骨拿出去丟棄，都會造成眾人圍搶。

「不對，是給小……」

楚軍似乎也不成，他從小個性特別嚴謹。聽說不知道哪個老頑固夫子替他啟蒙，教導他割不正不食，蓆不正不坐，為人必須重禮儀，正衣冠。

結果楚軍足足一個月不曾吃肉不曾坐下，只因為他要求廚師把盤中的肉切成正四邊形；蓆子更誇張，一路從蓆子的端正研究到椅子擺放是否正確，再來研究到椅子於屋內的擺放方位，接著就要探討楚府是否座落端正……

由此可見，我家楚軍是個腦筋死硬到不行的人，大概十瓶柔軟精倒下去都改變不了。

但也造就後來楚軍的夫子每個都苦不堪言，求去的原因是因為快要餓死。雖然胖的夫子比瘦的能撐，但最終每個夫子出去後都從腦滿腸肥變成仙風道骨，有陣子城內的人以為楚家改行開起減肥中心了。

不成不成，小軍也不成。

我視線一轉，看來就只有小海……

仔細想想小海似乎一年有三分之二的時間都在海上奔波，以前想給他請夫子，但那些夫子們後來都因為暈船暈得太厲害而作罷。

六個兒子去了三個，幸好還有三個。

「她是我特地請來給小殷、小風，還有小翊當夫子的。所謂學海無涯，回頭是岸……」

「夫人，回頭上岸還需要學習嗎？」

我瞪一眼，這郝伯沒事插嘴，害我昨天惡補的講稿忘了大半。

「所以這意思是告訴我們，人讀萬卷書不如行萬里路……」

「夫人，那您幹嘛還請夫子？」

「對耶！那我幹嘛請夫子？不對！我要說的不是這個意思……」

「意思是說在科舉考試之下，總是教育人去讀同一種書，這不過是齊頭式的平等。天生我材必有用，每個人有不同的天賦，我們必須多元學習。為了這個多元學習你們必須日日精進自己，往不同的領域前進。」

「四弟是做服裝設計，五弟是天文學專家，六弟精通所有藥材，娘覺得這樣還不算往各個領域前進？」楚明夾過一條酒蒸鳳尾蝦到碗裡。

我眼巴巴看著那最後一條，眼淚都要滾下來。

他慢條斯理的剝去蝦頭，把蝦殼去得乾淨，整尾白胖的蝦子放到老太太我碗內。

「當家，老奴也贊成夫人的提議。」郝伯這牆頭草，忽然往我這邊倒。

我一陣困惑，看過去這老不修眼角眉梢都是喜氣，是不是剛剛偷看了哪家閨女洗澡？

「夫人為了各位公子的終身……咳咳……未來生涯規劃如此用心良苦，老奴實在深表贊同。剛剛老奴看到了那位夫子，果然是眉清目秀，氣宇不凡，胸前雄偉……」

我偏頭想了想，生羅的確胸前滿可觀的，但那是我長期與丫鬟們一同洗澡才研究出來的，一般人大概都會被寬大布袍的障眼法騙住。

好啊！這下子還逮不到偷窺府內丫鬟洗澡的內賊？

楚翊挑了挑眉，看向楚明，問道：「大哥，可以揍他嗎？」

「老人家年事已高，算了吧！」楚明聳聳肩，果然很有一家之主的派頭。旋即又想到什麼，他繼續往下說：「不過如果他偷看不該看的人，就殺了他。」

郝伯也不遑多讓，閒閒應對：「老奴可是很愛惜生命的，各位公子不用擔心。」

我看來看去，就是看不出他們到底在說些什麼。

楚風又把一堆蔬菜夾到我碗中，我看著桌上那隻燒鵝腿，眼淚要掉下來了。

「娘，浪費食物半夜會被餓鬼抓走喔！」

一句話讓我把鼻頭用力埋到碗中，把那些蔬菜吃得一乾二淨。

「請夫子的事情，就算了吧！」

我正吃完，就聽到拍板定案，忍不住大聲抗議：「為什麼？」

「因為我說的。」

「這個理由，我不不……」

「嗯？」

被那雙神似楚瑜的眼一望，老太太我寒毛直立。

「……不能不接受。」

但是想想又不甘心，我弱弱的提出抗議：「但是我楚家人才輩出，至少小四、小五、小六也該有個功名在身，出去也光彩……」所以請個夫子最好……

「夫人，您又糊塗了，公子們個個都有功名在身的。」剛剛拚命插嘴的郝伯又出來多事。

「什麼？什麼時候？」老太太我一臉茫然，怎麼都沒人告訴我？

「三位公子同一年考的，還考了個同分，同登榜眼。」

「嗄？榜眼！那狀元是誰？」

「狀元從缺。」

「為什麼狀元從缺？」

楚翊邊替我盛湯，一邊回答：「娘忘了嗎？結果出來後您堅持那狀元肯定是作弊，一紙黑函告上朝廷，狀元沒膽去殿上受封，於是狀元從缺，創下科舉考試這十六年來第一次狀元從缺的記錄。」

奇怪，我有做過這種事情嗎？

「那是誰叫你們去考的？也不先通知通知我。」好歹我當時也是楚家當家吧！

「有人在家訓上多寫上一條滿十四歲的楚家男兒必須參加科舉考試，公子們只好去參加科舉。三公子當時遠洋在外，於是沒考。」

「是誰寫這麼無聊的家訓，非得要從墳墓裡拖出來鞭屍不可！」我氣呼呼，隨意剝奪我請夫子的樂趣。

「這個夫人就不用擔心了，因為那人還沒死，好端端的活著，已經讓位給下一任當家，自己享清福去了。」

哦……可到底是誰啊？

我把昨天發生的事情長篇大論的說完，太后的嘴角抽搐了下，太子吃完葡萄，短短的手指比向我。

「奶奶，這隻狐狸精好笨，難怪不懂得禍國殃民。」

這句話讓我不高興的嘛起嘴。說我笨？要不要來比圓周率小數點後面位數誰能背的多？三點一四一五九二六……

「奶奶告訴過你多少次，就算覺得人家笨也不要說出來，在心裡講就好。」

鳳仙太后殷殷囑咐，又塞了一顆蜜桃到小太子手裡，小太子忍不住抗議起來。

「奶奶我一直吃水果吃得肚子好撐！」

「乖！這是最後一個。」

「我吃前前樣的時候妳就這麼說了……」

「那假裝你沒吃過好了。」

看來太后挺會哄孫子的，我暗暗記下這招，以後一直給孫子塞水果吃就好。

「妳叫做生羅是吧？抬起頭來哀家看看。」

我們談了半天，鳳仙太后終於想起要看看生羅的臉。

生羅其實長得很好看，只是一身書生打扮，英氣多過嬌柔，但寬大袍子下隱約可見身材不是普通的好，我看著她胸前嘖嘖兩聲，太后也跟著嘖嘖兩聲，吃水果的小太子模糊不清的說了個詞。

「……波……霸……」

果然是個學生詞特別快的年紀。鳳仙太后欣慰的摸摸他的頭。

「之前是教書的？」鳳仙太后問著，視線跟我停留在同一個地方。

「是……」生羅語氣輕細如蚊子叫，可能緊張覺得熱，拉拉胸口，海溝隱約現形。

「哀家很想幫妳，但哀家這兒的宮女已經夠多了，如果讓妳留下，哀家那麻煩的媳婦又要跳樓。她現在有身孕，實在不宜。等明年我再讓妳留下，搞不好能生對雙胞胎。」鳳仙太后和善一笑。

原來王后會懷孕是太后的計謀嗎？

果然是我輩傑出女性！

「聽說妳家中有困難，既然是瀅瀅拜託我，哀家總不能讓妳空著手回去，哀家會修書一封，讓書院給妳有薪休假，但別以為可以無所事事，哀家要妳藉由這三個月遊歷我大榮國各地，收假時入宮跟哀家報告妳所見所聞。」

不愧是太后，我心中給她按個讚，這麼漂亮又兩全其美的方法。

生羅似乎沒想到會有這種結果，嘴角抖一抖，臉上喜悅而震驚。

「謝謝太后！」

「但是，哀家有一條但書，在這遊歷期間，妳不能穿著男子袍服，必須著以女子打扮。」

生羅臉上立刻出現遲疑：「但生羅從十一歲起就沒穿過女裝……」

「這就是哀家希望妳了解的。所謂堅強的女人，並不是說必須樣樣向男人看齊，樣樣不輸給男人。男人有男人才能做的事情，女人也有女人才能成就的功業。如果妳始終用狹隘的眼光來看男女之別，會找不出屬於自己的道路。」

太后頭上的金步搖隨著她的動作輕輕一晃，金光耀眼，讓人無法直視。

「妳是個聰明的孩子，肯定能找出自己的路。」

生羅千恩萬謝的離去，太后還特別賞賜她旅行時穿著的服裝。

殿上一下安靜下來，只有小太子啃水果的聲音喀嚓喀嚓迴盪在空中。

良久，太后才淡淡道：「瀅瀅，不管男人女人，都愛看好看的東西，哀家覺得她那麼做實在暴殄天物。」

我跪倒在地，太后果然是我女中豪傑。

「太后英明。」

所以說嘛！千萬不要把英明的人想得太英明！

第十三章

「娘，慢點走。」

「呵呵！瞧這嶽山，春來時花團錦簇，香花滿樹；秋天時滿山金黃，看來也另有風味。」

為了彌補上次賣兒子的錯誤，於是老太太我安排一次家庭出遊，與六個兒子們同遊花錦城東邊的嶽山。嶽山以百花聞名。說著要來賞花卻忘記這季節即將入冬，落葉比花多，光禿禿落完葉子的樹枝看起來有點淒涼。

「夫人昨天還說要來摘花，讓人準備那麼多花籃，老奴就說沒花可摘……」

郝伯！你不說話沒人當你啞巴。老太太我面子掛不住，含恨瞪過去一眼。

「今天風真大，把老奴的嗓子都吹痛了，咳咳……咳咳咳……」

「娘可喜歡這景色？不如依著這景色替娘設計一款新的冬裝……」

就是兒子們貼心。

「大哥，這秋末流魂多，建議把秋後處決改成冬季。」

「但是秋後處決一直是我大榮國的慣例，隨便修改制度那些老頑固們肯定會囉嗦。」

「那我就編派個黑鳥食日、不祥之兆的預言吧！」

老太太我一片沉默，這不是欺君罔上嗎？娘小時候告訴你為人誠實善良，不得隨意撒謊，你都記去哪裡？

「海哥，你怎麼了？」

「嘔……嗯……我暈山……」

「我這邊有一種專治暈山的藥丸，只要一兩銀子，但必須配合人參一起服用。這條人參也很便宜，五顆金豆子便宜賣你，自己人打八折！」
楚翊這孩子真是善良，看見自己哥哥頭暈還貢獻隨身的藥，果然是個好孩子，老太太我欣慰一笑，轉頭看向楚軍。
看來看去只有楚軍最……不正常！
「小軍，你在做什麼？」
「鍛鍊自己一次刺穿十六片葉片的功力。」
他晃晃劍峰，上頭不多不少串著十六片葉子，都是一劍中的。不愧是將軍，到任何地方都不忘記保家衛國的重任，時時刻刻鍛鍊自己。
其實小軍的這個絕技始於我要他一個人負責所有烤肉串的前置工作。
在我楚家，逢年過節少不得與府中僕人同樂，常開燒烤大會，所以就要求楚軍一個人在一時辰內把肉串都串好，因此練就這樣的絕世功夫。
天下人管這叫做「飄零落葉劍」，因為可以一劍在落葉中刺中多重目標。

為了精簡我楚家的人事人力，我將這烤肉大全寫下來，卻被小偷偷了出去，那陣子大陸上風起雲湧，似乎是忙著爭奪這本烤肉大全？

順著楚軍的動作看去，這棵原本就快禿了的千年古木好不可憐，被劍氣一掃，本來就沒剩多少的葉子瞬間落得乾淨。卻讓我看見右邊枝椏上有一抹鵝黃在搖曳。

「啊！那朵花。」

楚軍悶不吭聲，足尖一點再落下，花已經拿在他手上。

「來，娘。」

老太太我卻沒伸手去接。

「娘只是想要讓你看看，沒想讓你摘。你忘了娘教導過你要愛惜生命，不要隨意攀折花木？要摘也是讓別人去，下地獄的時候也好推卸責任……」

楚軍的左眼抽搐，那朵花拿在手上也不是，丟掉也不是。

「大將軍拿朵花，讓別人看到還得了。男子漢應該要頂天立地。你喜歡花不要緊，這裡都是自家人，但往後千萬不可以給別人看到，否則你一世英名就會毀於一旦。」我諄諄告誡，要讓城裡的姑娘知道雄赳赳的大將軍其實是個喜歡花的採花賊，這名聲可是一落千丈！

像我如此苦口婆心愛護兒子們的娘親很難找了。

楚風走上來，沉默的拍拍楚軍的左肩；楚明也走上來，不發一語的拍拍楚軍的右肩，這動作讓我看得莫名其妙。

「不過既然摘都摘了，你就拿著吧！娘絕對不介意有一個娘娘腔的兒子，就不知道未來的媳婦會不會介意有個娘娘腔的丈夫……」

「……」

楚軍的表情似乎想要一劍砍碎那朵花，可能是因為心底的秘密被娘發現惱羞成怒。

「如果你害羞，那娘替你拿著好了。」我從小軍的手上接過來那朵花，可能是楚軍拿時太過於用力，花莖的部分有點彎曲了。

「拿花不是這樣拿，要輕輕的，好像撫摸小動物那樣。」我搖搖頭，對於這孩子的粗魯嘆息。

「不過這種花很少見，今天我們運氣真好。」

「這不是金木連希花嗎？」楚翊鑽過來擠到我身邊，不愧是經營藥堂的，對於各種植物藥材都有涉獵。

我呵呵一笑，視線落到楚明身上，突然有幾分懷念。

「以前我曾經想送這種花給你們爹。」

此話一出，忽然身邊一陣沉寂。

「這種花很難找，娘小的時候聽說，如果把這種花送給你喜歡的人，那個人也會喜歡上妳，兩個人會一生相伴。」我轉轉手中的花朵，正好六片花瓣，花中有花，花開並蒂。

「這種花難尋，尤其是並蒂花，就像天下有情人多，真愛者少。」

我當時死活要楚瑜娶我，他每次都笑笑著拒絕，一哭二鬧三上吊所有招式我都用過，如果當時我知道光溜溜鑽到他被窩也算一招我肯定會用，可惜鳳仙太后太晚告訴我。

我猜測這招的用途應該是以自己會受涼生病要脅楚瑜娶我，否則幹嘛脫光光？

就在那時候，我第一次聽見關於金木連希花的傳說。即使只是傳說，對當時不過十四歲的老太太我簡直就是奇蹟，於是我留書夜半出走，決定自己去找花。

深山野嶺，花沒找著，天色已經暗了，伸手不見五指，無數的野獸包圍，我只能躲在山洞中發抖……

我們一行人走著，來到亭中坐下，香蘭和郝伯他們忙著升爐起火，烹茶布菜，一下子就清香四溢。

「當時就是你們爹找到我的。不可思議對吧！在變幻莫測的山中找到我。」

當時楚瑜氣極敗壞，我第一次見到他這麼生氣。

「小狐狸，妳別胡鬧！大家都在擔心妳。」

「我不回家我不回家，只要我找到花你就會娶我。」我猛力掙扎，被他緊緊握住的腕掙脫不開。

可聞。

「那不過是個鄉野傳說！」

「我不管啦！人家就是要你娶我！」說著，就哇哇大哭起來。

「現在想想，我當時還真是任性！」我笑了一聲，亭子內安靜的連水煮沸時的水泡破裂聲都可聞。

楚瑜當時全然停止動作，他看著我良久，眼神變得很深，我讀不懂，身子往洞內縮了縮。

末了，他幽幽一嘆。

「傻瓜，嫁我哪裡好？」

「可以吃糰子吃到飽……」

我毫不考慮，立刻回答。楚瑜的眼角一陣抽搐。

「那我給妳請個廚師……」

「不要，我就喜歡你做的。」不是你做的誰都不要。

「妳應該知道我成過六次親……」

「七是一個幸運數字！」

「每任妻子後來都不幸去世……」

「就跟你說七是一個幸運數字！」

不巧這時候洞外打了一個雷，我緊張的立刻飛撲到楚瑜懷裡。

「小狐狸，妳連雷都怕，哪能當得起我妻子?楚家的女主人不是這麼好當。」楚瑜嘆息著，拍拍我的頭。

他從不碰我頭以外的地方，後來我把這件事情告訴太后，鳳仙太后一口茶噗的全噴出來，往我上下掠過一眼，表示她懷疑楚瑜性無能。

性無能這幾個字我不懂，偷偷的去問過郝伯。郝伯板著臉孔說絕對不是他，少瞧不起老年人，就走遠了，我也沒得到答案。

「那你告訴我怎麼當，我一定能做到的。」

「當妻子可不是吃糰子這麼簡單。」

「我能為你做到的。」我堅持著，只要天天有糰子吃！還有你天天抱我，天天陪我，能讓我握著你的手，我什麼都能做到。

「瀅瀅，妳真是個傻瓜。」

這句話我始終不贊同，不然來比誰玩文字接龍玩得久！

但那是第一次，第一次楚瑜喊我的名字。從那之後他再也不叫我小狐狸精。

隔天我們下山，我全身被泥巴雨水搞得髒兮兮，可是胸前那塊楚家單傳的翡翠鳳凰玉珮卻閃閃發亮，全城震驚，無數女子心碎，而我得意洋洋的坐上楚瑜未婚妻的寶座。

我深深吐了一口氣。想起這段回憶，就覺得楚瑜當時大概是把媳婦的玉珮當成哄孩子的糖果讓我拿著，誰知道我把糖果一口吞了不肯還他，他最後只好娶我。

「夫人，您渴了吧？」香蘭適時的遞過茶水。

我的確覺得有點口乾舌燥，乖乖捧著杯子喝光。

「大家怎麼都不吃？你們看老人家就喜歡回憶往事，吃，大家吃吧！」

＊　＊　＊

吃完飯人就懶洋洋，動都不想動，本來行程預定要去嶽山山頂，可老太太我就不想爬山了，只想在這亭子內打盹。

「娘不去的話，翊兒也不要去。」楚翊最黏老太太我，立刻表態。

「不行！你們都該去，年輕人就應該動一動身體。健康的身體是一切的基礎，這樣不管是偷拐搶騙……咳，做大事立大業都能成功！」我訓斥著，輕輕以指戳了下楚翊的額頭。偷懶可是老人家的專利。

「這樣好了，不然誰先到山頂回來的娘就給他獎賞。」我在懷中摸摸掏掏半天，卻只摸出剛剛被我玩得皺巴巴的金木連希花。

「娘就把這朵象徵情人的花送給他……」

此話一出，楚軍反身一掠，人已經出了涼亭。

「二哥太卑鄙了！竟然偷跑！」楚翊憤怒一喊，從懷中掏出一顆藥丸吞下，立刻以比楚軍更快的速度掠出。

「我是不是應該禁止使用禁藥……」楚翊這樣算犯規吧？

楚殷老早被靈感引的不知道跑那兒去了，大概又是去畫他的設計圖，等他畫盡興了就會回來。楚海還在暈山，但拄著柺杖依舊拚命往山上走去，看來即使速度輸人一大截，仍然打算以龜兔賽跑的精神取勝。

楚風吃完最後一個餃子，優雅的擦擦嘴，這才慢悠悠的起身步行，我看他這行動不像要去登山，反而要去登仙……

亭內只剩下我和楚明，香蘭和郝伯都到轎邊去休息了。

所有孩子之中，最少跟我說話的就是楚明，比起楚風更少。我偷偷抬起頭瞥他一眼，立刻又低下頭裝作沒事喝自己的茶。

「楚明，你怎麼不去？」我努力把楚明當作那杯茶，才能若無其事的開口。

「最近政務繁忙，有些累。」

「哦……你辛苦了。」又要當宰相又要當一家之主，還真不是普通的辛苦，想我當時也是一邊要扶養六個兒子、一邊要當一家之主，雖然兒子們不太需要我操心就是。

「娘不喜歡楚明？」

他忽然一問，嚇得我手震一震，還好茶已經喝光大半沒灑出來。

「沒有沒有。你怎麼會有這種想法？娘是絕對公正，從來不循私偏頗，如果有任何循私偏頗的地方也情有可原，因為人本來心就是長在左邊，偏心是理所當然。」

我飛快的看楚明一眼，又立刻把視線移到桌上。嗯，這塊桌布織工細密，摸起來觸感很好，我應該研究研究上面總共繡了幾針……

其實並不是我討厭這孩子，只是他長得太像楚瑜，每次看見他，就讓我想到楚瑜，心中就一陣疼，好像他還坐在身邊，可是那又不是他，心中未免神傷。

「因為娘幾乎不肯正眼看我。」楚明淡淡的一句話中，頗有不滿的意味，不過或許那是老太太我的錯覺。

糟糕糟糕，不平等的待遇會在孩子心中造成傷害，這樣會造成心靈發展不完全，將來形成扭曲的人格，拿刀砍殺家人！楚明這孩子個性嚴謹又自制，不懂得怎麼樣釋放自己的委屈，聽說這種人特別容易發病。

老太太我一陣冷汗，還在思考如何與孩子好好溝通一番，有個盒子被推到我的視線內。

「給娘的禮物。」

楚明的話從對頭傳過來，我點頭如搗蒜，但還是不看他。

打開的盒子中整整齊齊擺著七個糰子，樣子和我以前吃的別無二致，上頭還蓋著精細的菊花印記。

「這是……」不過，節日還沒到不是嗎？

「昨天下朝早了，郝伯說娘以前最喜歡帶這種糰子當出遊的點心，於是進廚房做了幾個。」以前很喜歡沒錯，但從傳來楚瑜死訊那天，我是一口也不肯吃了。兒子的這份心意我又推卻不掉，只能拿起一個來啃，熟悉的味道和口感讓我詫異的瞪大眼。

「這糰子……」

「爹出征前，給了我一些食譜，我前幾天才想起來，照著食譜做，可能沒爹做的好。」

「不，非常好吃……」只是突然吃起來有點鹹，跟剛剛第一口有點不一樣，這鹹味究竟是來自哪裡？

「娘。」深深嘆息，楚明不知何時走到我面前，握著我沒拿糰子的那隻手。

他的臉龐看起來變得有些模糊，更像是年輕版的楚瑜，我幾乎要以為楚瑜回來了，但揉一揉眼，在我面前的仍然是楚明。

「我曾經發誓，不再讓娘為我傷心了，沒想到又惹娘哭了。」

「娘沒事，只是能吃到丞相兒子親手做的糰子，太感動了。」

即使楚瑜走了，他仍然留給我這麼多寶物不是嗎？我不該哭的。

「這麼多娘吃不完，等大家回來一起吃吧！」

楚翊和楚軍是最快回來的。楚翊眼尖的發現我眼紅紅，馬上打算宰了那個不知死活的對象，而那個不知死活的對象正一臉平靜的坐在我對面喝茶。

夕陽西下的時候，楚殷終於慢悠悠的走回來，一臉頹靡，顯然完全燃燒殆盡。楚風仍然安之若素，一臉神清氣爽，讓人以為他剛剛是搭著白雲上山頂。最不濟的就是楚海，暈山暈到最後，一回到亭子就大吐特吐，不過他很有運動家精神，仍舊走完全程。

「來，每個人都有獎。」

我笑咪咪的把花瓣一瓣一瓣拔下。不多不少六瓣，正好分給所有人。

楚翊不贊成，大聲抗議，覺得冠軍該是他的。

「對於娘來說，你們現在都是娘最愛的人，都是娘的情人。」

環視眼前的六個兒子，真是應了古人那句有兒萬事足。

「好了，我們回家吧！」我一轉頭走出亭子，後頭卻砰然巨響。

老太太我忙轉頭一看，楚軍正抽出南華劍要搶奪楚殷手上的花瓣；此時楚翊趁機灑出一堆粉末，楚風很聰明站在上風處沒中招；因為暈山吐得七葷八素的楚海在大地震動下而恢復精神，顯然站在太平坦的地上他容易暈眩；楚明把裝著糰子的盒子扔了出去，剛好打中剛爬起來的楚海……

「你們在做什麼？」我氣呼呼，雙手扠腰，勒令他們統統住手，讓他們站在我面前認錯。

香蘭默默的搬來一張高腳椅，否則我還要抬頭訓斥他們。

「娘不是告訴你們要團結合作？團結力量大，否則楚家如何興隆？你們看，這是一根樹枝，如果只有一根樹枝，力量很弱，娘這一折……這一折……這一折……郝伯，你幫我折……」

郝伯默默接過去，把斷成兩截的樹枝還給我。

「你們看，很容易就折斷了。但如果現在換成娘左手邊的一捆樹枝，就很難折斷了。小軍你過來試試看。」如果武藝最高的小軍都折不斷，他們就會明白何謂團結力量大。

楚軍輕輕鬆鬆把樹枝往腿上一架，四分五裂。

「……」

「所以說，就需要更多的團結力量……來，換小翊……」最小的兒子，應該力氣也最小吧！

楚翊把人腿粗的樹枝捆劈得粉碎。

「……」難怪人家說我楚家專出怪物……

「夫人，再玩下去天就要黑了。」

於是老太太我沒有成功教導孩子們何謂團結力量大，只是嶽山被擊倒了幾棵無辜的千年古木……

第十四章

花錦城為浪漫之都，自然來朝聖的文人雅士相當多。可浪漫歸浪漫，花錦城也是全大陸銅臭味集聚的地方，有著為數不少的奸商。

比如說一杯水，在其他地方叫價五文錢了不起，花錦城的商人們就能拿個美美的杯子裝水，在水中灑點花瓣，菜單上管這叫做天山礦泉水，一杯一兩銀子，還供不應求，還好沒有貨源的問題，因為水源就來自我花錦城邊的護城河。

為了吸引各國的觀光客，花錦城每個三個月都會舉辦一場大型活動，為期一週，有國家的文持，總是特別熱鬧盛大，名為花錦週。

「楚明……」

「不行。」

「娘幫你剝栗子。」這孩子特別愛吃糖炒栗子。

「栗子要吃，但還是不行。」

這不是吃了葡萄不吐皮嗎？

「娘讓郝伯燒幾道你愛吃的菜！」

「這我自己吩咐就成。」

對喔，現在他才是楚府當家……

「娘給你糖吃……」

「這招在一歲時對我就沒用了。」

我在書房的寬桌旁繞啊繞，涎著一張老臉請求，我家老大楚明端正的坐在桌邊表情嚴肅看奏摺，還能一心兩用回答我。

老太太我被人徹底忽視。聽說很多老人家老了之後都會被自己的兒女拋棄，成為孤單老人，難道這就是孤單老人的滋味？

「你長大了翅膀硬了就不想理睬娘親，娘說的話你都不聽，虧娘上次還覺得你有點可愛，將來即使不當宰相也能改行當點心師，剛愎自用不聽人言你成不了一個偉大的點心師……」說著說著悲從中來，以袖掩面哭哭啼啼，可是眼淚流不太出來，只剩下一張嘴嗚嗚噎噎。

楚明依舊氣定神閒。

老太太我哭了幾刻鐘覺得口乾舌燥，自討沒趣的放下袖子。

「娘，喝茶。」楚明雙手捧茶放到我面前，茶水是適當的溫度，微微冒著煙。看起來好好喝……不過老太太我很有骨氣，把頭往旁邊一撇。

「我不喝。」

方才你娘我哭得聲嘶力竭你都不知道要關心一下，等我哭完再給我喝茶，這不跟娘死了再拿頭豬拜我一樣嗎？

楚明不答，只是沉默的遞上一疊梅花糕。

哦哦哦！梅花糕和梅花茶是絕配……不過俗話說得好，人要有恆心，堅持到底不放棄，老太太我年紀一大把，吃過的飯比鹽巴還多，這小小的梅花糕我才不放在眼哩！

「娘不吃，我收走了。」楚明挑挑眉，語氣平淡。

老太太我大俠附身，身如飛燕撲出。

「要吃！」

一口梅花糕一口茶，真是人生享受，而且哭也是很累人的。

楚明靜靜的看著我吃，看來奏摺已經批改完大半。大榮國國君雖然也算勵精圖治，有所作為，但他忙著去阻止自己跳樓投河的王后時間太長，而且他們動不動就要在寢宮內打架，所以許多政務都落在我家楚明身上，繁忙的程度是別人國家丞相的兩倍。

還好我家楚明沒什麼專長，就是挺會處理政務的，隔壁幾個大國都要求他跳槽，俸祿比大榮國高上數倍，聽說楚明全都拒絕了，理由是金魚糖。

金魚糖是大榮國特有的糖果。用精巧的工藝拉出漂亮的金魚糖，老太太我從小時候就很愛吃，曾經發下豪語絕對不要住在沒有金魚糖的國家。身為娘的我竟然不知道楚明也愛吃這種糖，因為我一次也沒看他吃過。

「娘，不是我不讓妳參與，而是我有許多考量。」

我咬著梅花糕，覺得這家商店做的濕潤適中，非常可口。

「有什麼考量？上回娘建議的『臉紅心跳之水中呼吸大作戰』很受歡迎啊！」

楚明欠身在我旁邊坐下，神奇的從空無　物的手中「變」出一大疊奏摺。

「這是聯名狀。上回娘舉辦活動後，城西足足八百一十三家受害者聯名上告的。娘為了要造起人工湖，選擇地勢較低窪的城西空地，堵住了附近所有的溝渠，水漫上來差點波及全城。」

老太太我不悅的一撇嘴。這活動本來很是受歡迎，預估淹上來的水量只會到半人高一些，讓年輕男女在裡頭嬉戲，由主辦單位把許多俊男打昏扔進水裡，讓城內的閨女們來個餓虎撲羊……

不不，英美救雄的戰略，這活動還湊成不少佳偶呢！

「只是誰料得到中途來一個這麼大的暴雨，我又不是某某個名字有洞會亮的軍師，人家能算天氣，我又不會……這不能全是我的錯……」

後來水量暴漲，又因為水渠被堵住排不出去，城西被淹，還好楚明處理得當，沒有釀成大災禍。

「而且也沒有很嚴重，有個家中淹水的災民跟我說他家只淹到腳踝而已……」

「但那人的家在三樓。」

楚明不慍不火，老太太我卻覺得脖子上冷颼颼。

「但我也有提供他解決的方法……」

「娘回答什麼？」

「我跟他說，這樣以後出門買菜划船就好……」

不是很方便嗎？小海跟我說過，遙遠西方的國家，有人民臨水而居，水鄉澤國，充滿浪漫的風情……花錦城有花，水中有花月映影，一定可以吸引更多觀光客到來……

楚明昂起頭，用下巴看著老太太我的頭頂。每次他用下巴看著我，都讓我自卑的頭越來越低……就說丞相這職業不好，官威都帶到家裡面來，讓老太太我膽顫心驚，看見大榮國國君都沒這麼怕。

楚明撇撇脣，擱下手中一大疊的奏摺，拿袖子湊上來替我抹抹嘴。反正是自己兒子，老太太我老大不客氣，拿他那件官居一品的朝服擦擦梅花糕的殘渣，這樣他上朝時會有梅花糕的香氣陪伴，多麼幸福？

「這件事情姑且不談，娘可否解釋一下家中最近幾天為何無故生出許多人來？」

「咳咳，娘不知道你在說什麼，人老了記憶力不大好。」說著，我伸手去拿盤中最後一塊梅花糕，這家糕點做得還真好吃。

不過，當我手往前伸了伸，梅花糕的盤子卻跟著往後挪了挪，一進一退，最後穩穩的拿在楚明手上。

「娘先回答我的問題。」

要是以往我一定會乖乖吐實，但最近被鳳仙太后調教多了，了解女人當自強，寵兒子不代表事事退讓，否則我會寵出一個壞兒子，所以我要抵死不從。

於是我縮回手放在膝上，偏過臉往窗外看，不巧窗外又一株梅樹綻開新梅，不時提醒我方才的點心有多美味。

窗外有一群女子正擠在一起吱吱喳喳，視線不時往書房這兒瞟來，老太太我跟她們揮揮手，認識我的女子的朝我微笑，幾個生面孔的女子對我怒目相視。

「曾經何時你也用這種語氣跟娘說話了？」

鳳仙太后教導，姿態要擺高，語氣要淡漠，要讓對方知道妳是老大，所謂的威權統治就是這樣，但鳳仙太后告訴我這些話的時候，一邊笑著撫摸她身旁終年不離身的寶劍。

我想有沒有劍應該都沒差。

楚明沉默，應該是被我的威勢嚇到。太后說這時候要乘勝追擊，打他個落花流水……

「說話啊？」

這時候的話要越來越精簡，才能讓人猜不透你的心思而膽顫心驚。但老太太我其實是想不出自己還能說什麼，或許太后也是這樣，所以才強迫別人說話，把問題丟給別人煩惱。

楚明只拿那雙像極楚瑜的眼看著我，看得我渾身發冷，如坐針氈……

「娘要楚明說什麼？」

好小子，竟然把問題反回來丟給娘？

「你說呢？」但我還是不知道能說什麼，於是只好側過臉換個高深莫測的姿態。

楚明忽然笑了，是一種異常燦爛的微笑。老太太我皺起眉，覺得這笑容有幾分眼熟。楚明伸手從另一邊的點心盤中拿出一份天香千層酥，用上十種水果製成，外皮薄脆，內側宛如仙女的羽衣般千層交疊，是一種極考驗功夫的點心。

「娘。」

他柔聲一喊，拿著點心遞到我脣邊。敢情這是一個示好的動作？很好很好，知錯能改，善莫大焉，為娘的絕對不會為難你……

老太太我笑咪咪的一口咬下，這點心似乎跟梅花糕出自同一個師傅，手藝很高超，當下決定把這個廚師找進楚府內。

我正要咬第二口時，卻撲了個空。

楚明穩穩的拿在手上，就是不給我。這時候如果開口討吃好像就失了威嚴，但又好想吃……

「娘要吃的話，先告訴我為何府內多出這麼多人？」

原來這是一個陰謀！拿點心卑鄙的誘惑娘親，這是一個兒子該做的事情嗎？早知道生個包子都比生你好。咳！似乎不是我生的……對不起罵到楚明的娘……

可是點心好好吃！這個卑鄙的兒子……

「娘只是想說，我大榮楚家冠蓋京城，人家富商貴族家中總是賓客川流不息，我們家中自然也該擺擺派頭，有點排場，免得被人以為我楚家窮了……」

「娘想要邀請客人前來作客這點我沒意見，但那些人又是怎麼回事？」

「什麼人？」我茫茫然，能說清楚點嗎？

楚明用手指了指窗外，我看了出去，窗外聚集的人越來越多。

「那些成天在我書房門口徘徊的無聊女子。」

楚明的聲音好像有點咬牙切齒，但這絕對是錯覺，老太太我耳背的關係。

「女子？你看見很多女子嗎？娘什麼也沒看見……」抵死不認，裝傻到底。

「真是太可惜了，我正巧想跟娘談談那個青衣少女……」

這句話讓老太太我一下子跳起來，喜上心頭。

「什麼？哪個？現在在外頭嗎？會不會是蘇家的閨女？還是羅家的？沒關係你告訴娘，娘馬上把她找出來，今天你們馬上就能成親。」

等了這一個半月，為了兒子們的終身大事我可是煞費苦心，日日邀請城中的閨女們來楚府作客。高門貴族到小家碧玉都無所謂，只要能夠成功的讓這些兒子成親就行。要不是怕將來被媳婦打，老太太我還真想擺個擂臺比武招親。

「原來如此，娘是在打這個主意。」

「什麼主意都不重要，重要的是你終於願意成親了，娘好開心……」我的手帕在哪？快拿來讓老太太我擦眼淚。

「我還以為娘找回來的是一群青樓女子，二弟說他每天夜裡上床前都要先拿劍砍砍，省得床上衝出一個光溜溜的女人。」

嘖嘖！沒想到我大榮國的少女們風氣已經如此開放。不過小軍這樣，會不會找到媳婦前先鬧出人命？

「娘，來，再吃一口。」

楚明又把餅拿過來，老太太我毫不猶豫一口咬下。

「娘以後別再邀請這些閨女來作客了好嗎？」

老太太我嚼啊嚼，總覺得甜食麻痺了我的思考神經。

「但娘是希望你們跟女性多多親近，可以培養感情……」

楚明又將餅送了過來。我舔舔脣上的糖粉，覺得這塊天香酥是老太太我吃過最美味的。

「如果娘把這些閨女們都請走，就讓妳吃這整盤天香酥。」楚明嘴角含笑，加上一句：「我親手做的，外頭買不到。」

我這孩子果然有成為點心師的天分！

＊ ＊ ＊

「於是妳就答應楚明了？」

鳳仙太后瞠目結舌，坐在鳳椅上嘆氣。

我乖乖坐在下面，忙著喝茶吃肉。除了點心，有時候老太太我也喜歡吃些葷茶，配著燒賣、肴肉一類的鹹食。

「虧哀家還幫妳下旨詔請閨女，妳讓兒子幾句話就收服了？」

這句話讓老太太我不同意。

「哪有幾句話？還有兩盤點心！」

「這楚明還真是黃鼠狼，一口就吃了狐狸……哀家就知道沒這麼容易……」

太后喃喃說了些什麼黃鼠狼、狐狸等等的話，我有聽沒有懂。

「再來一碟。」我朝宮女招招手，打算趁鳳仙太后思索的時候再吃一盤，今天被緊急召進宮內恐怕是凶多吉少，太后人雖好，但訓起話來沒完沒了……

「得了，妳們先下去吧！」

鳳仙太后一個眼神，宮女們立刻恭敬的退走，對此老太太我表示羨慕不已，上次我學著想要這麼做，郝伯那廝只慢悠悠的回我一句：「夫人？眼睛抽筋嗎？」

冬梅則這麼說：「夫人肯定是看戲看多用眼過度導致眼皮頻跳，讓冬梅去找鬼醫莫名來針一下。」

莫名其妙老太太我就被針了兩下，那天我兩眼通紅鑽到小翊懷中，哇哇大哭，說好只針一下，針兩下簡直疼得要我的老命。

從此之後，老太太我放棄以眼神示意這種高竿行為。只是我還沒來得及再續一盤肴肉，就眼巴巴看著宮女們走得一乾二淨。剛剛想上來幫我拿盤子的宮女投給我一個憐憫的眼神。

「瀅瀅，看來妳必須實行下一個計畫。」

鳳仙太后支著額，語氣凝重，不知情的人會以為我們在商量國家機密或者軍情機要。

「但其實我還是覺得讓他們自由發展比較好……」我左看右瞧，發現太后旁邊的點心沒有動過，忍不住悄悄把手摸過去。

「這怎麼可以！」太后猛然一拍桌，桌子震了一震，裝著點心的碟子跟著震了一震，我也被嚇得震了一震。

「想想不孝有三無後為大。妳身為楚家的長輩，自然要為他們的婚姻大事作主。」

「可是我也希望尊重他們的意見……」

「尊重什麼意見？這年頭父母之命大如山。妳就是這麼畏畏縮縮，才讓妳的兒子們個個延宕至今都不成親。想想楚明今年也滿二十二，算算跟妳差不了多少，妳已經有六個兒子，他連顆蛋都沒生出來。」

「楚明是人，人可以生出蛋嗎？」我茫茫然，雖然外面很多人都罵我楚家人不是人，跟怪物一樣，怪物是卵生還是胎生？

「總而言之，妳肯定要在接下來的活動中讓他們就範！」

怎麼太后的語氣有一種要強迫良家婦女的味道？也許是我弄錯了，鳳仙太后可是熱心得很，對於我兒子們的婚事有著高度的興趣。

曾經想要賜婚我楚家，卻被小五楚風一句楚家風水不適合皇家人的預言逼退。我家小風一句話，沒有半個公主膽敢嫁入我楚家。

「可是楚明不讓我插手這次的活動，上次的活動他訓了我好久……」

老太太我只是一番好意，想要打昏自家兒子們扔進水裡，看看能不能找到未來媳婦，可惜我家兒子個個是個練家子，後來找到媳婦的都是負責打昏兒子們的工作人員。

「上次是我們失算。這種事情硬的不行要來軟的。我已經決定好這次活動的主題。」說著，太后轉過身，我立刻把筷子伸進太后的盤子內夾走一塊肴肉塞進嘴裡。

「瞧，這是我從一些西方商人那邊聽來的玩意兒，好像管這叫做化妝舞會什麼的。反正就是男男女女蒙著臉，身子貼著身子跳舞。男人年輕氣盛，這樣軟玉溫香貼在懷中肯定會春心大動。我還特地設計了一個樓上有房間的宴會場地。」末了，鳳仙太后嘿嘿的低笑兩聲。

「現場隨機抽籤，事先沒有人會知道自己的舞伴是誰……」

滿嘴塞著肉，又怕被太后發現，我只能鼓著腮幫子用力點頭。

「我已經想到很有趣的活動，妳耳朵過來。」

這大廳上也就我們兩個人，鳳仙太后也太慎防隔牆有耳了吧？總不可能兒子們躲在牆邊偷聽。雖然這麼想，老太太我還是乖乖附耳過去。

「到時候我會發出帖子給全城百姓，妳一定要參加，只要妳參加了，妳六個兒子都會參加。」

「為什麼？」我看上回拍賣會時他們都興致缺缺。兒子大了就是這樣，不喜歡跟父母一起出遊。

鳳仙太后送我一個妳笨啊的眼神。

「當然是這個宴會的計畫早就通過審核了，只是我們要為這活動添點亂……不是，增加趣味性。而又由於哀家身為太后不太方便，所以讓妳去執行。如此如此……」

第十五章

在太后的強勢主導下，這一次花錦城大會取名叫做「聚集天下怪物之化妝舞會」，會場前面貼著警告標語，由太后親手書寫。

守則一：必須扮成奇形怪狀的生物。

守則二：不得隨意報出真實姓名身分年齡地址家中祖宗十八代。

守則三：一旦被發現身分，經查證屬實，砍頭！

奇怪的是，寫著這樣的標語，老太太我還以為會場會門可羅雀，沒想到現場人擠人，不是瘦子還真難在場中移動。

會場中間是一個華麗的舞會場地。兩邊的牆上繪著天女飛翔的圖案，最獨具匠心的是，天女像不只是以平面呈現，而是從平面漸漸延伸成浮雕，好像天女逐步從牆壁中飛出的模樣，一半身顯露在外，一半身仍是壁上畫。

整個會場都被彩帶環繞。會場上方的天花板則用彩帶拼接成牡丹花的形狀。為了配合這花中之王，就連場上供應的餐點都以牡丹入菜，老太太我還看見一顆西瓜被雕成牡丹，漂亮是漂亮，但雕成這樣要怎麼吃食……

「瀅瀅，妳要知道，這回是微服出巡，哀家來參加這個活動是想了解一下我大榮國的國民，與民同樂，千萬要低調。」鳳仙太后叮囑著。

我看著她頭上那根一顫一顫的彩鳳羽毛，忙不迭的點頭。

太后穿得一身華麗炫目，頭上俏皮的斜斜戴著一頂小帽，插上一根五彩的鳳羽，根據她的話來說，她扮演的是鳳凰。可老太太我怎麼看，都覺得太后像是一隻孔雀，還是公的……

而老太太我則裝扮成狐狸精。反正這個詞我已從小被人罵到大，乾脆從善如流一次。這條狐狸尾巴還是太后從大榮國寶物庫內拿出一件白狐裘讓人裁了替我做的。

小太子一看見我戴上尾巴立刻指著老太太我，含糊不清的說一句：「本宮就知道……妳是狐狸……」

配合這條尾巴，老太太我也穿得一身雪白，頭上還戴著朦朧的白紗，跟鳳仙太后兩人都以面具遮住半臉。可能是臉都遮住了，沒人發現我和太后兩人都是婆婆媽媽等級，一進門立刻就有個扮成狼人的男子上前來搭訕。

「這隻美麗的鳳凰，願不願意賞臉把第一支舞留給在下？」

「放肆！把你的手拿開，否則哀家剁了它！」鳳仙太后立刻一瞪眼，腰間抽出劍來，那狼人差點兒就永遠失去他的爪子，連滾帶爬的跑了，饒命啊的亂叫一通。

眼看人跑遠了，鳳仙太后瞇瞇眼，又轉過來對我訓誡。

「哀家告訴妳要低調，懂嗎？千萬不可以隨便跟人扯上關係。」

我點點頭，覺得太后果然是個低調的高手。

接著來的幾個人全都被太后拿著劍吆喝開了，其中一個還把手搭上老太太我的肩膀，太后追得他滿場跑，那聲放肆喊得全場都聽見，從此之後所有人看到我們自動讓出一條路。

「太后，我們要怎麼在這麼多人中找到我的六個兒子？」老太太我很疑惑，太后說要引出我的兒子們來，但這一眼望去都是奇形怪狀的，誰知道誰是誰？

鳳仙太后瞥了我一眼，這一眼真是威勢橫生。

「妳想知道？」

「當然。」在舞會前都被太后關在宮內，好幾天沒見到兒子們，天下父母心，當然會想念自己的兒子。

「這容易。」

說著，鳳仙太后閃電出手，我還沒意識到是怎麼回事，就被她一掌「輕輕」推起，呈拋物線往對角方向摔過去，在空中那段時間老太太我還抽空思考了下這是否就是登仙的感覺。

「乒乓。」

「呃啊！」

老太太我神奇的沒有掉在地上，一頭撞進黑忽忽的胸冂，往上一瞧發現是一隻烏鴉，全身穿得黑壓壓，面罩蓋著全臉，看不出是誰。

「謝謝。」

老太太我道謝過往下一看，發現我們下頭趴了一條無辜的魚，這隻烏鴉毫無憐憫的踩在魚背上，讓我們兩個一起拿他當墊背。

「那個……烏鴉公子，謝謝你。」不管怎樣，禮貌至上。

烏鴉公子沉默寡言，一聲不吭把老太太我放下。我瞄了眼，那腳爪毫不留情的踩在死魚的背上，隨著他的動作，魚可能被踩到反射神經抽搐了下。

「那個……烏鴉公子，你踩到魚了。」我覺得那條魚很可憐，人老了同情心氾濫，最近見不得螻蟻被踩，但我更怕黑，所以晚上還是要點燈，死了不少飛蛾。

「沒……事……」那條魚發出悶悶的回答，魚眼翻白。

我看了看那眼白，覺得有幾分像是我家小海的眼白。但沒憑沒據，自然不能一口咬定那是我家小海。

我向烏鴉公子還有死在下頭的魚公子道別，回到太后身邊。

「看出來了嗎？」

鳳仙太后高深莫測的一句，聽得老太太我一頭霧水。

「看出來什麼？」老太太我雖有年紀，但眼不花頭不暈，奇怪的是我什麼也沒看見。

「抓到兩個。」鳳仙太后聳聳肩。

我也想跟著太后聳聳肩卻聳不起來，最近筋骨有些僵硬，可能運動量不足。發現這件事情讓我大驚失色，抵死都不能小翊知道，否則鬼醫莫名又要來拜訪老太太我。

「還有四個呢……」太后在那邊喃喃自語，我忙著齜牙咧嘴伸手想把自己的肩膀按鬆一點，不然小翊那麼精，一碰就會知道的。

人群中忽然起了一陣讚嘆，我和鳳仙太后一齊望過去。鳳仙太后不屑的哼了一聲，我嘖嘖兩聲。

在花錦城的傳說中，以前曾經有一隻畢方鳥，是無極山之王，鳥中翹楚，一身青綠的羽毛宛如翡翠，眼眸是深海珊瑚才會有的色澤，牠一啼叫太陽立刻出現，牠一入眠月亮趕忙來陪伴牠，牠流的眼淚落到地上會生成美玉，牠喝過的泉水永遠清澈甘甜。

眼前的人很明顯就是扮成畢方鳥。他的四肢纖細修長，緊身的衣裳凸顯了他骨肉均勻的身材；領口微開，露出性感的鎖骨和胸線；半張翡翠做成的面具遮臉，唇上掛著一抹笑。

雖然我搞不懂無極山在哪裡，但對於有人膽敢這麼囂張扮成傳說中的神鳥也嘖嘖稱奇，這高調的作風跟我家小殷有得比，那畢方鳥公子鎖骨旁邊那顆黑痣長得跟小殷的有點像。

場上的姑娘們像蝴蝶見到花蜜，紛紛圍上去，我看還有不少壯碩的男子混雜在其中，不由得替這畢方鳥公子捏一把冷汗。

「看來有人躲得很好，怎樣也不出來。」太后在面具底下挑眉，眉頭揚到面具外。

我很佩服太后臉上戴著面具還有心思做表情，我只覺得這面具悶熱無比，臉上好像要長痘子。

「嗯！」其實沒有聽懂。我拿著進門前從宮中暗藏帶出的一把蜜香瓜子一邊啃著一邊回應。這上位者做事就是要有人附和。太后雖專制，但專制有專制的好處，就是當這個專制者是個有腦袋的明君時，就只需要放空腦袋跟著她就好。

我喀哧喀哧的吃著瓜子，瓜子殼不知道該往哪裡扔，只好藏在兜裡，沒想到這件衣服好看歸好看，兜不嚴實，瓜子殼一路掉，老太太我手忙腳亂。

「瀅瀅，妳過來這邊。」

鳳仙太后動作很快，我還搞不清楚怎麼回事，她已經站在會場另一邊喊我，而我還忙著伸頭找尋地上的瓜子殼，被人踢來踢去還踩碎，四分五裂。

「瀅瀅！別玩了，快點過來這裡。」

「可是我的瓜子殼掉了！」

太后上前來，一把拉著我往人群外拖，我眼巴巴的看著地上的瓜子殼。人家說身教重於言教，我今天行為不正亂丟垃圾，如果被兒子們看見學去怎麼辦？我有六個兒子，會增加六個垃圾公害……

「妳究竟在做什麼，哀家叫妳老半天。」太后一動脾氣，立馬就把身分端起來。

「啊啊！瓜子殼。」我還在關心地上的瓜子殼。

鳳仙太后攤攤手，翻起眼白，拉我到一塊小平臺站好。

「算了算了，妳站在這邊。」

「嗄？這裡好窄，我跨個步子就出去了。這會場這麼大，為什麼我只能站在這裡？」太不公平了，人人生而平等，就算太后專制，我也要捍衛我自己走來走去的權力。

「妳乖乖站在這裡，回去讓宮裡的廚子給妳做點心。」

「我覺得楚府內的廚子做的點心比較合我口味。」畢竟是我家挑剩的廚子才會送進王宮，師父跟徒弟的手藝難免有些差距。而且我家大兒子就很會做點心，要吃點心我不讓楚明幫我做，為什麼要讓外人幫我做?外人沒兒子貼心!

「那妳想怎麼樣?」

「我想走出去。」

「不行!」

太后很堅持,我也很堅持;太后拿把劍站著,我的腳尖也岌岌可危的放在平臺邊緣。雖然要捍衛自己的權益,但我怕腳一伸出去就會被砍,還是先放在平臺內的好。

「如果妳聽話,下個月七公主大婚,所有婚禮事項都讓楚家包辦。」

「這樣我太吃虧,我的自由是無價的。」老太太我喊話,非常不滿意太后這種把我的自由當成貨品論斤秤兩的態度。

「那從今以後所有的公主皇子大婚,都交給楚家專利經營權。」

「成交。」我立刻縮回腿,在原地乖乖站好。

＊＊＊

「歡迎大家來參加今晚的舞會，我們有個特別的節目要舉行。」

正當老太太我珍惜的吃著所剩不多的瓜子時，外頭激昂的人聲引起我的注意，根據這噴口水的程度極有可能跟拍賣會是同一主持人，看來他生意頗好，從拍賣會趕場趕過來。

前頭紗帳飄飄，我什麼也看不見，只好運足耳力，把自己當成一隻老鼠。

「這是回合擂臺比賽，比武勝出者，就可以跟我們今天場上最美的女子共舞一曲，同時，還能對這美人一親芳澤。英雄配美人。是英雄就千萬不要錯過。」

喀滋喀滋……這最美的女子是誰？老太太我以前問別人這個問題都沒人回答，男人傻笑、女人冷哼。跟楚瑜訂婚後，楚瑜說我太會惹麻煩，規定我出門要戴上面紗。

「好好好，各位少安毋躁，現在我們就來一睹美人的廬山真面目。」

隨著話落，我前方的紗帳忽然被掀開，老太太我這才發現所在的位置是在一座大平臺上，下頭千百顆頭鑽動，看過去黑忽忽一片好不噁心。

「我……」

我都還沒開口呢！主持人抬手就來掀我的面紗。今天為了這場舞會特地畫了個濃妝，太后說要配合狐狸精主題，讓宮內精於化妝的宮女替我塗塗抹抹好久，也不知道自己被畫成怎樣的大花臉。

面紗只掀了一半，老太太我就見到一堆人看著自己，連忙把瓜子往後一藏。只有自己吃、別人沒得吃有點太過分，但瓜子只剩這麼一點點我吃剛好……

下面一片寂靜無聲，接著爆出驚天動地的歡呼咆哮。

「快點開始！俺等不及了！」

「真是美，巫山神女都沒這麼美。」

「莫不是一隻真狐狸精吧？太后為了搞舞會的噱頭，連真的狐狸精都抓來？」

好幾個壯漢立刻爬上擂臺，那滿身肌肉的模樣讓老太太我皺眉，忍不住退後兩步。但人潮更加洶湧的往臺上湧來，這些男子個頭一個比一個大。

「大家千萬保持冷靜，我們都是有理性的良好人民，絕對不做出暴徒的行為……」主持人一邊吶喊，一邊退到了擂臺最遠的邊上。

「美人是我的！」

一個大漢抬手就要來碰我的肩膀，老太太我正想閃開，那名大漢就呈拋物線飛了出去，我看過去，正好見到死……活魚公子站在那，顯然剛剛他來了一招活魚甩尾，把人打飛了出去。

接著幾個黑影跳了上來，層層疊疊的人山人海一瞬間被打飛出去，還想爬上來的人看見臺上情況不對，紛紛縮回自己的腿。

我數了數，臺上站著的有烏鴉公子、死魚公子、畢方鳥公子，還有扮成雪熊的人，全身披著熊皮也不嫌熱；有人只是在臉上戴個狼面具，明顯的應付了事；還有人扮成小白兔，他的身高跟楚翊頗相像，那一對兔耳在他頭上晃啊晃的，可愛得讓老太太我看著心中癢癢手心也癢癢，直想摟在懷中用力抱緊。

但，我聽見主持人數數兒的聲音。

「一、二、三、四、五、六、七？咦？怎麼會多一個？」

誰？我看過去，見到一個全身黑衣的男人，臉上的眼罩也是黑的，他扮的是一種我們從沒見過的生物，可能是西方的玩意兒，啟脣看得到有尖尖的獠牙，身材跟我家楚軍有得比。

他見到我在看他，朝我咧脣一笑，不知怎麼的，那笑容讓老太太我愣一愣。

「不管了，多一個就多一個，那麼現在，擂臺比賽開始！」

主持人又噴著口水湊過來，接著老太太我就被人拉下臺去，臺上只剩下七個陌生而奇形怪狀的生物對峙著……

第十六章

根據生物原理來說，鳥吃魚，所以首先臺面上活魚公子和兔公子聯手，筆直的朝烏鴉打過去，估計可能是某種生物本能告訴他們烏鴉很危險。

活魚公子先來個活魚擺尾，烏鴉公子輕盈一躍閃過；而兔公子使出跟真正兔子不相上下的跳躍能力，像顆砲彈一樣往半浮在空中的烏鴉公子衝過去，半空中無處著力，烏鴉公子即使勉強的把身體偏到一旁仍然硬生生受了兔公子一招，馬上墜落地面變成負傷的烏鴉。

沒錯，果然是要聯合攻勢。我點點頭，團結力量大。但可惜，就在下一刻，兔公子改變攻擊對象。我看見嬌弱可愛的小兔子使出兔子掌，那裝著大大布偶手套的拳軟綿綿打出去，怕連老太太我都打……飛……飛……

擂臺上飛出一條死魚，直直撞上柱子，顯然很疼，這場面讓老太太我掩面不忍心看，但又忍不住打開指縫。

「打得好！」太后在上方平臺上嚷嚷，揮舞拳頭助陣，完全沒了一代聖后的威嚴。

狡兔死走狗烹，這聯合次要敵人打擊主要敵人後再來個暗箭傷人用的真好，讓敵人生不如死。顯然這隻兔子完完全全是狡兔界的代表。見我在看他，兔公子還轉過來高興的朝我擺擺手，雖然他這麼卑鄙，但看在那對耳朵一聳一聳的可愛分上，老太太我也忍不住朝他一笑。

說時遲那時快，畢方鳥公子拔身而起。透過臺上的燈光，現在大家才發現原來他那華麗奪目的衣裳不只是裝飾，更是武器。燈光反射衣裳上綴著的燦亮珠片，各個角度反射出不同的光芒，臺上的眾人和觀眾都眼前一白，什麼也看不見，等到光芒退去，臺上少了兔子公子，但神奇的是畢方鳥公子也倒下了。

「高招、高招，以為制敵於先，沒想到螳螂捕蟬，黃雀在後，黃雀之後還有獵人。」擂臺邊發出一聲讚嘆。

「打得很好，用力一點！」太后又在上頭叫。

我實在很困惑，太后究竟是誰的支持者，還是只要臺上的人挨打她都開心？

情況是這樣的，陰險的狼公子趁著方才大家注意力都集中在兔公子身上，早就做好攻擊的準備，大概是先行閉上眼藉由聽力來判斷畢方鳥公子的位置，這樣可以有效避免被光芒混亂感官。但只單靠聽力就準確判斷對方位置，這五感的靈敏度讓人驚訝。

狼公子轉頭看著披了熊皮的雪熊，緊張的氣氛瀰漫四周。

黑衣獠牙人從頭到尾都站在擂臺角落默默不起眼，讓六隻動物廝殺。

也許這隻熊會使出急凍光線什麼的，我跟一票觀眾十分期待呢！

就見到那隻熊伸手入懷，取出一把白色的小旗子，無聲的舉到與肩同高，左搖右晃。

「嗄？棄權？」主持人叫得太大聲，聲音把大家的嘆息都蓋了過去。

熊公子很慢的點點頭，又拖著那熊皮慢吞吞的下了擂臺的階梯。這種冷冰冰慢悠悠的態度，還真跟我家小風頗相似。

場上轉眼清場完畢，只剩下方才出手誰都沒看清楚的狼公子和躺在地上的烏鴉公子，還有站在角落的黑衣獠牙人。剛剛旁邊的人遞給我一本西洋怪物大全，那隻黑衣獠牙的怪物好像在西洋還有個名稱叫做吸血鬼。

看來吸血鬼也不怎麼樣，都不出手。現在場上只剩他跟狼公子，怎麼看都覺得狡猾的野狼贏面比較大。

狼公子負手背後，長身而立。我特別喜歡這個姿勢，這是楚瑜習慣性的動作，看起來英姿颯爽。我家老大楚明也會如此站立，只可惜他為官從政，官僚氣太重做起來就沒楚瑜好看。

吸血鬼公子低低一笑，往前踏出一步，不知怎麼的，他那笑聲讓我感覺有點耳熟。狼公子仍然沒有動靜，只是站在原地。

眾人屏息看著這一幕，正當吸血鬼公子踏出第二步，在他身後三步之遙、本來躺著的烏鴉公子乍然跳起，五指成爪直取他的背心。

我緊張的把瓜子殼當成瓜子仁放到嘴裡嚼。

但沒想到吸血鬼公子有防備，輕輕鬆鬆一閃身，漂亮的躲開烏鴉公子的攻擊，往他的手腕上輕輕一碰，真的只是輕輕一碰，就聽見腕關節傳來清脆的聲音，威力全失。

「不可能……」烏鴉公子看著自己的手，語氣滿是不可置信，就連狼公子都渾身緊繃，所有人都能感受到情緒異樣轉變。

「你還是一樣，常常會有太過輕敵的毛病，左手的空隙太大。」吸血鬼公子說著，因為面具獠牙的關係，話語有些模糊不清。

這一幕，怎麼讓我覺得有點熟悉？

烏鴉公子咬牙，一扯自己左腕，又是一聲清脆響聲，接著步步搶進，但只剩下一隻手可用，左手手腕被巧妙卸去，即使自行接回也使不出力氣。

「瀅瀅，楚軍這孩子雖好，有時就是天分太高，沒遇過人外人、天外天。妳瞧他攻擊的姿態，若是持劍還好，赤手空拳時左肩都會微微聳起，脅下空門大開，我點過他的腕好幾次，告訴他這個缺點，這孩子始終改正不過來。」

楚瑜在開滿桃花的園中舞劍，那時我捧著滿是糰子的飯盒吃得不亦樂乎，聽見他說的話，卻沒留心去聽。

「楚瑜！你不要再舞劍了，我的糰子上都是桃花。」我不滿意，一邊吃一邊撥花瓣。

「吵著要來的是妳，嫌花太多的也是妳，說太無聊讓我舞劍助興的還是妳，瀅瀅，妳真是小麻煩。」末了，楚瑜嘆氣，以劍氣捲起漫飛的花朵，在空中形成螺旋，最後降落到地，成為一座花塚。

「真漂亮，真漂亮。」我撥花瓣撥得心煩，正好看到這一幕，忙不迭的拍手稱讚。

「再來一次！」我剛剛沒來得及從頭看到尾。

楚瑜哭笑不得。

「是妳說花太多，我掃在一起，妳現在又要把花掃到空中？」

楚瑜始終沒拗過我，那天他舞了五次，離開的時候我搭在他背上，覺得滿肚子的糰子都因為茶水脹起來，飽得讓我動彈不得。

「楚瑜……」

「嗯？」

「如果有一天死了，我想跟你一起埋在那叢花下，這樣就算死了，你也可以一直替我舞劍，一直替我舞劍……」然後我可以一直吃糰子、一直吃糰子，桃花夭夭，灼灼滿天，就只有你跟我，那這樣就算死了有什麼關係？

楚瑜抖了一抖，不知道是不是想到死了以後還要一直舞劍的場景。

我恍惚著，臺上的打鬥卻還在持續，烏鴉公子即使一手受傷，卻反而越戰越勇，右手一劈直取對方門面，吸血鬼公子自然往後退避，沒想到狼公子閃身過來，直接往他背上就是一擊，這樣還不中，他以詭異的角度從兩人中間滑開。

我們都看見狼公子和烏鴉公子同時一頓。

但這一失神反而給對方機會。吸血鬼公子反身往狼的肩上一點，以為又是巧勁，狼公子立刻一縮，但這下卻是假動作，重拳自腹部而來。

那下力量用的恰好，不傷及他的重要內臟，卻讓他毫無動彈的力量。

簡直就像演練過無數遍，這個人摸透了他們兩人的攻擊模式。這絕對不是實力相差太大，而是當兩方實力相當，對於對手的了解程度會成為致命的弱點。

我不由得憂心忡忡，往樓上的太后看了一眼，她也是滿臉嚴肅，旁邊的宮女附耳過去對她說些什麼，她臉色立刻變了，朝主持人一點頭，主持人立刻心領神會。

「恭喜這位公子，今次大賽的優勝者就是你！」

雖然烏鴉公子還站在臺上，卻完全被忽略，主持人衝過去把吸血鬼公子的手高高舉起。

「我不贊成。」烏鴉公子的語氣很沉，顯然是在忍痛。

看來剛剛那一下，手腕確實很疼，就不知道他為什麼忍著傷還要繼續站在擂臺上，這比賽的獎品是有多好啊？我看著都覺得心疼。

「既然太后已經做出決斷，由不得你拒絕。來人。」

主持人一喊，立刻從臺後湧出許多禁衛軍，這些人都是宮中數一數二的高手，聯手把烏鴉公子架到臺下，我還能看見他不甘心的掙扎。

「那，請上前來領獎。」

主持人手一擺，竟然指往老太太我的方向。我看看左邊，又看看右邊，再看看地上那些瓜子殼，除非那些瓜子殼是獎品，不然獎品在哪裡？

吸血鬼公子往前一踏，廳內忽然變得很靜，無形的張力從那個人身上散發，他的步伐不緊不慢，有著獨屬自己的韻律。

老太太我訝異萬分的張嘴，看那張戴著面具的臉靠過來。

這這這這……等一下啊！雖然我愛看戲愛看擂臺，但不代表有一天自己被當成獎品上火線會開心，吸血鬼他不會是要吸我的血吧？太后為什麼要推我入火坑……

靠得很近，近得連他的呼吸都可以吹拂我的面紗飄動，他卻沒有再進一步的動作，難道是發現老太太我已經有了六個兒子、人老珠黃所以不屑一顧？

他頓了頓，上身微傾，靠在我的耳邊，以我們才聽得見的音量說著——

「瀅瀅。」

語音微揚，那是某個人特有的叫喚方式，開始感覺很柔，帶點氣音，沉沉的嗓音在最後會像首歌兒一般揚起，把我的名字叫得特別好聽。

我渾身一僵，接著吐出那兩個字——

「楚……瑜？」

《小媽之冠蓋滿京華》完

敬請期待更精彩的《小媽之全家大風吹》

2013典藏
原創小說
天字醫號
圓不破
Welkin
一個穿越，她從平凡的幼稚園老師，
變成大雍王朝的天才神醫。
天醫準則
梅花神針在手，可救痼疾久病者；
雙手紅痣在握，可醫白骨活死人。
但她——統統都不會！
炮灰女配+野人少年
看她如何馴獸、踏上天醫一途！
全套七集，全省各大書店、租書店、網路書店持續熱賣中！
典藏閣
華文聯合出版平台
www.book4u.com.tw
采舍國際
www.silkbook.com
不思議工作室
立即搜尋
版權所有© Copyright 2013

緊急報導!!! 創世時報 特別刊
飛小說 We Love Easyfly.
禍亂創世紀
PART II
角色全面更新
任務難度升級
神魔大戰 Are You Ready?
一觸即發!!!
10月
《禍亂創世紀》第二部
即將重新席捲而來！
第一部全6集，全國書店、租書店、網路書店好評熱賣中！
華文聯合出版平台 www.book4u.com.tw
不思議工作室_
立即搜尋
典藏閣
采舍國際
www.silkbook.com
版權所有© Copyright 2013

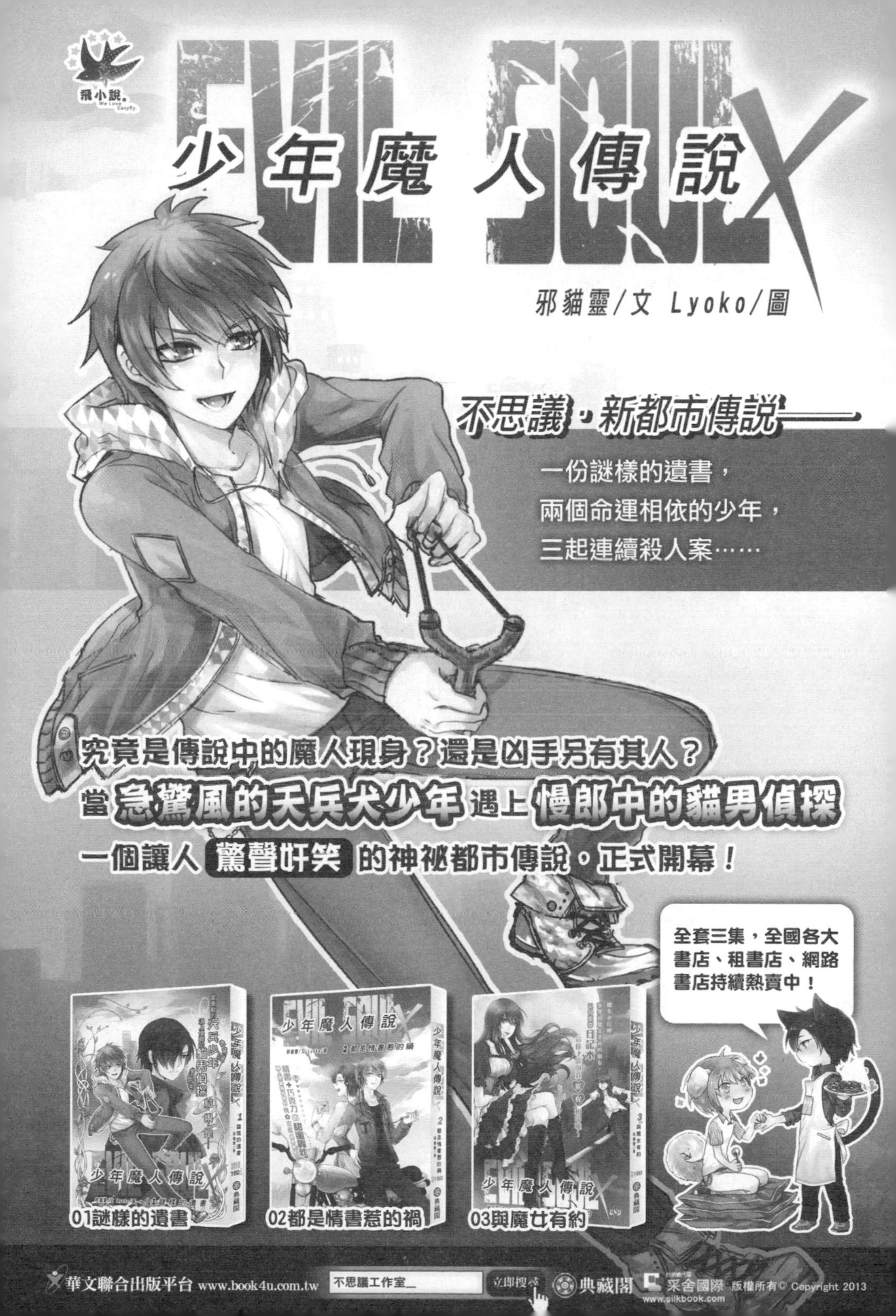
飛小說。We Love Easyfly.
EVIL SOUL X
少年魔人傳說
邪貓靈/文 Lyoko/圖
不思議，新都市傳說——
一份謎樣的遺書，
兩個命運相依的少年，
三起連續殺人案……
究竟是傳說中的魔人現身？還是凶手另有其人？
當急驚風的天兵犬少年遇上慢郎中的貓男偵探
一個讓人驚聲奸笑的神祕都市傳說，正式開幕！
全套三集，全國各大書店、租書店、網路書店持續熱賣中！
少年魔人傳說
01謎樣的遺書
02都是情書惹的禍
03與魔女有約
華文聯合出版平台 www.book4u.com.tw
不思議工作室_
立即搜尋
典藏閣
采舍國際 www.silkbook.com
版權所有© Copyright 2013

飛小說系列064

小媽系列01

小媽之冠蓋滿京華

出版者■典藏閣
作　者■夢空　　繪　者■IKU
總編輯■歐綾纖
製作團隊■不思議工作室

郵撥帳號■50017206 采舍國際有限公司（郵撥購買，請另付一成郵資）
台灣出版中心■新北市中和區中山路2段366巷10號10樓
電　話■(02)2248-7896　　傳　真■(02)2248-7758
物流中心■新北市中和區中山路2段366巷10號3樓
電　話■(02)8245-8786　　傳　真■(02)8245-8718
ISBN■978-986-271-391-4
出版日期■2015年10月五刷

全球華文國際市場總代理／采舍國際
地　址■新北市中和區中山路2段366巷10號3樓
電　話■(02)8245-8786　　傳　真■(02)8245-8718

新絲路網路書店
地　址■新北市中和區中山路2段366巷10號10樓
網　址■www.silkbook.com
電　話■(02)8245-9896
傳　真■(02)8245-8819

☞您在什麼地方購買本書？☜

1. 便利商店（________市／縣）：☐7-11　☐全家　☐萊爾富　☐其他____________

2. 網路書店：☐新絲路　☐博客來　☐金石堂　☐其他__________

3. 書店（________市／縣）：☐金石堂　☐誠品　☐安利美特animate　☐其他______

姓名：________ 地址：______________________________________

聯絡電話：______________　電子郵箱：____________________________

您的性別：☐男　☐女　　您的生日：西元________年________月________日

（請務必填妥基本資料，以利贈品寄送）

您的職業：☐上班族　☐學生　☐服務業　☐軍警公教　☐資訊業　☐娛樂相關產業

☐自由業　☐其他__________

您的學歷：☐高中（含高中以下）　☐專科、大學　☐研究所以上

☞購買前☜

您從何處得知本書：☐逛書店　☐網路廣告（網站：____________）　☐親友介紹

（可複選）　☐出版書訊　☐銷售人員推薦　☐其他______________

本書吸引您的原因：☐書名很好　☐封面精美　☐書腰文字　☐封底文字　☐欣賞作家

（可複選）　☐喜歡畫家　☐價格合理　☐題材有趣　☐廣告印象深刻

☐其他________________

☞購買後☜

您滿意的部份：☐書名　☐封面　☐故事內容　☐版面編排　☐價格　☐贈品

（可複選）　☐其他

不滿意的部份：☐書名　☐封面　☐故事內容　☐版面編排　☐價格　☐贈品

（可複選）　☐其他

您對本書以及典藏閣的建議______________________________________

____

____

✌未來您是否願意收到相關書訊？☐是　☐否

✎感謝您寶貴的意見✎

印刷品

$3.5
請貼
3.5元
郵票
不思議信箱
FUSIGI POST

235 新北市中和區中山路二段366巷10號10樓

華文網出版集團 收

（典藏閣－不思議工作室）

卷一

小媽之冠蓋滿京華

夢空──著
IKU──繪